Christine Fehér • Ausgeloggt

DIE AUTORIN

Foto: © Foto Giebel, Berlin

Christine Fehér wurde 1965 in Berlin geboren. Neben ihrer Arbeit als Lehrerin an verschiedenen Schulen schreibt sie seit einigen Jahren erfolgreich Kinder- und Jugendbücher und hat sich mit Büchern wie »Dann bin ich eben weg. Geschichte einer Magersucht« einen Namen als Autorin authentischer Themenbücher gemacht. Sie lebt heute mit ihrer Familie am nördlichen Stadtrand von Berlin.

Weitere lieferbare Titel von Christine Fehér:

Dann bin ich eben weg. Geschichte einer Magersucht (30170)
Straßenblues (30401)
Elfte Woche (30390)
Mehr als ein Superstar (30552)
Jeder Schritt von dir (30416)
Vincent, 17, Vater (30658)

Christine Fehér

Ausgeloggt

cbt

cbt ist der Jugendbuchverlag
in der Verlagsgruppe Random House

Verlagsgruppe Random House FSC-DEU-0100
Das für dieses Buch verwendete
FSC®-zertifizierte Papier *München Super Extra*
liefert Arctic Paper Mochenwangen GmbH

1. Auflage
Erstmals als cbt Taschenbuch Januar 2012
Gesetzt nach den Regeln der Rechtschreibreform
© 2010 Patmos Verlag GmbH & Co. KG
Sauerländer Verlag, Mannheim
Alle Rechte dieser Ausgabe bei cbt Verlag, München,
in der Verlagsgruppe Random House GmbH
Umschlagbild: Corbis/Marnie Burkhart/RF (Mädchen);
iStockphoto/Jonathan Taphouse (Post-it)
Umschlaggestaltung: init.büro für gestaltung, Bielefeld
MI · Herstellung: AnG
Druck: GGP Media GmbH, Pößneck
ISBN: 978-3-570-30740-3
Printed in Germany

www.cbt-jugendbuch.de

1. Teil **Annas Profil**

... eins ...

»Du willst *was*?« Ich kann nicht glauben, was Chris gerade eben zu mir gesagt hat. Es muss ein Scherz sein, kann nur ein Scherz sein. Gerade war alles noch so schön, und jetzt ist mir zumute wie einem Kind, das gegen seinen Willen in ein Karussell gesetzt wurde und sich nun dreht, immer schneller, bis es nicht mehr erkennt, was drum herum geschieht, sondern nur noch will, dass alles aufhört. Dass es nicht wahr ist. Der Boden unter mir soll wieder fest werden, still, ruhig. Mir ist, als ob ich falle, von einem Strudel mitgerissen werde, ins Nichts. Ich rücke ein Stück von Chris ab und warte, dass er mich wieder an sich zieht. Er sieht mich an, dann in die Ferne, seine Finger spielen mit meinem Haar, er lächelt nicht. Also stimmt es. Es ist kein Scherz.
Wir sitzen auf einer Parkbank am Rand der Fußgängerzone, es ist einer dieser Tage im Mai, an denen der seidenblaue Himmel besonders hoch schwebt und die gleißende Sonne schon in den Augen sticht, sodass man glaubt, es würde nie September werden. Gerade habe ich noch gedacht, mit Chris an meiner Seite ist es mir sowieso egal, welche Jahreszeit wir haben. Mit ihm ist immer Sommer. Wir haben Pläne für die großen Ferien geschmiedet, für die Zeit, wenn wir beide mit der Schule fertig sind und lange Wochen vor uns liegen, in denen es nur uns gibt. Nach Mallorca wollen wir fliegen, aber nicht zum Ballermann, sondern in irgendeinen kleinen, verschwiegenen Ort, weit weg vom Touristenrummel. Oder nach Griechenland, in ein kleines Fischerdorf an der Küste. Vielleicht auch nach La Palma. Seit Monaten sparen wir schon darauf und stellen uns immer wieder vor, wie es sein wird, an nichts mehr denken zu müssen als an unsere Liebe und daran, was wir vom Morgen bis zum Abend so machen können. Haut an Haut im warmen Sand liegen, im Meer baden, ein Moped mieten und die Insel erkunden, tanzen gehen, landestypische Speisen

probieren, miteinander lachen und reden … Danach haben wir hier gesessen und uns geküsst, Chris und ich, jeder mit einer Eistüte in der Hand, er hatte seine Haare frisch gewaschen, ich konnte gar nicht aufhören, darin zu wühlen. Er duftete wieder nach diesem Shampoo, das bestimmt tausende benutzen, aber ich glaube, nur bei ihm riecht es so. Es vermischte sich mit dem Duft seiner Haut, so männlich, so gepflegt. Seine dichten dunkelblonden Locken sind durch meine Finger geglitten und sein Mund schmeckte nach Pistazieneis. Mit dem freien Arm hielten wir uns umschlungen. Mein Eis schmolz in der Waffeltüte und lief mir in einem klebrigen Rinnsal die Hand hinunter. Als wir uns endlich voneinander lösten, hat sich Chris vorgebeugt und mit seiner Zunge das Eis von meiner Hand aufgeleckt, es kitzelte. Dann hat er es gesagt. Dass er wegwill. Weit weg, nach Neuseeland. Für ein Jahr – und ohne mich. Die Nachricht, er habe sich in ein anderes Mädchen verliebt, hätte nicht schlimmer sein können. Gegen sie hätte ich wenigstens kämpfen können. Kämpfen um Chris. Um uns. Unsere Zukunft. Aber gegen seinen Freiheitsdrang bin ich machtlos.

Dabei haben wir noch kurz vorher gemeinsame Zukunftspläne geschmiedet, während wir eng umschlungen durch die Geschäfte und durch den Stadtpark gebummelt sind. Chris hat vor ein paar Tagen seine letzte mündliche Abiturprüfung abgelegt, die Klausuren hatte er vorher schon fertig. Ich mache diesen Sommer meinen Realschulabschluss und überlege gerade, ob ich danach noch weiter zur Schule gehen will oder doch lieber nach einem Ausbildungsplatz suche. Vor allem aber wollten wir zusammen die Ferien genießen. Es ist unser erster gemeinsamer Sommer, denn wir sind letztes Jahr im Oktober zusammengekommen, bei einem Sportfest in seiner Schule. Damals kannte ich Chris nur vom Sehen. Er geht auf dasselbe Gymnasium wie meine jüngere Schwester Isa, doch mit ihr hatte er nie etwas zu tun, weil er schon in der Oberstufe war, als sie in die siebte Klasse ging. Wir lernten uns letztes Jahr im September kennen, als unsere Schule auf dem Sportplatz des Gymnasiums die Bundesjugendspiele abhielt. Für Chris fielen an jenem Tag ein paar Stunden aus, und er stand etwas unschlüssig herum und sah uns zu. Irgendwann sah er nur noch mir zu. Als ich das merkte, gelang mir im 100-m-Lauf meine Bestzeit, obwohl ich sonst wirklich nicht gerade eine Sportskanone bin. Ich fahre mit dem Rad zwei Kilometer zur Schule und mittags wieder zurück, aber das war's dann auch. Chris sagte, ich hätte einen guten Bewegungsablauf beim Rennen, und lud mich zu einer Cola ein. Zwei Tage später kamen wir richtig zusammen, und seitdem sind wir unzertrennlich. Dachte ich zumindest. Bis eben.

»Wir wollen doch zusammen verreisen«, bringe ich schließlich hervor, meine Stimme klingt, als hätte ich eine Schlinge um den Hals und jemand würde sie immer weiter zuziehen. »Ich kann doch nichts dafür, dass ich erst ab Mitte Juli Ferien habe!«

»Das machen wir doch auch, Anna.« Er drückt mir einen Kuss auf die Stirn. »Ich will ja auch nicht sofort weg, sondern erst im September oder Oktober. Bis dahin liegen noch ganz tolle Wochen vor uns. Ich freu mich doch genauso darauf wie du.«

»Aber warum so weit weg, Chris?« In mir schmerzt alles, am liebsten würde ich mich an ihn klammern vor Enttäuschung und Sehnsucht, doch dann würde alles nur schlimmer. »Neuseeland, das ist ... da kann ich dich nicht einmal besuchen kommen!«

»Ich weiß.« Er nimmt meine Hand, fährt in Gedanken versunken immer wieder mit seinem Daumen über meinen. »Aber dieses Land ist mein absoluter Traum, seit Jahren schon. Die Landschaft, die Natur dort, die Strände – ich habe im Internet ganz unglaubliche Fotos gesehen. Und jetzt nach dem Abi ist die beste Möglichkeit, hinzufliegen. Wenn ich erst angefangen habe zu studieren, wird daraus nichts mehr. Und noch später erst recht nicht.«

»So weit denke ich noch gar nicht«, erwidere ich. »Für mich zählt, was heute ist. Und das sind vor allem wir beide, du und ich und unsere Liebe.« Jetzt rücke ich doch dichter an ihn heran. Nach diesem Satz kann er eigentlich nichts anderes mehr sagen, als dass es ihm genauso geht. Ich dachte immer, sein absoluter Traum wäre *ich*, und nicht ein Land am anderen Ende der Welt.

Chris nimmt die Brille ab, seine blauen Augen wirken dann immer ganz fremd, im ersten Moment zumindest. Kleiner irgendwie und weiter weg. Er putzt die Brille mit seinem T-Shirt und setzt sie wieder auf, eine seiner Locken fällt genau bis auf den Rand. Es gibt keinen Jungen auf der ganzen Welt, der so gut aussieht wie er.

»Ich muss aber so weit denken«, sagt er. »Du weißt, dass ich Medizin studieren will, das kann ich nicht einfach für einen Auslandsaufenthalt unterbrechen! Anna, gönn mir das doch. Ein Jahr ist gar nicht so lang, ich komme doch wieder.«

»Ein Jahr ist nicht lang? Es ist länger, als wir bisher zusammen sind!«

»Es wird ganz schnell vergehen, glaub mir.«

»Für dich vielleicht«, fauche ich. »Du erlebst jeden Tag neue und aufregende Sachen in Neuseeland, lernst tausend Leute kennen. Aber ich hocke hier und quäle mich mit der Berufswahl rum. Es ist so ungerecht, Chris!«

»Komm«, sagt er und steht auf. »Gehen wir noch ein Stück.« Er streckt seine Hand nach mir aus, und natürlich ergreife ich sie und lasse mich von ihm hochziehen. Schweigend gehen wir nebeneinander her, mir fällt auch absolut nichts mehr ein, was ich noch zu ihm sagen könnte. Ich halte seine Hand, aber genauso gut könnte ich es bleiben lassen, es ist sowieso bald vorbei. In meinem Magen sitzt ein richtiger Knoten, der ganze Tag ist versaut und die kommenden Wochen gleich mit. Es fühlt sich fast so an, als hätte Chris gerade eben mit mir Schluss gemacht. Wir haben nur noch diesen einen Sommer, bis er wegfliegt. Die Hälfte davon kann ich gleich vergessen, denn seit Chris und ich zusammen sind, habe ich in der Schule alles ziemlich schleifen lassen und nur noch das Nötigste getan, gerade mal so die Hausaufgaben erledigt und für Klassenarbeiten meist erst auf den letzten Drücker gelernt. Chris ist mir wichtiger als die Schule. Aber jetzt muss ich ganz schön pauken, um meinen Abschluss einigermaßen hinzubekommen. Also haben wir erst die Sommerferien so richtig für uns. Und da ist Chris bestimmt schon mit seinen Reisevorbereitungen beschäftigt.

»Vielleicht hätte ich es dir noch nicht sagen sollen«, beginnt er von Neuem. »Aber irgendwann musste ich es tun. Ich kann nicht mit gepackten Koffern vor dir stehen und sagen, ich hau jetzt mal für ein Jahr ab.«

»Vielleicht wäre das besser gewesen. Jetzt schwebt es die ganze Zeit über uns, dass du bald fährst.«

»Das muss es nicht. Ein Jahr ist wirklich nicht so lang, wir schreiben uns doch.«

»Woher hast du überhaupt so viel Geld?«, frage ich, mir ist ein bisschen nach Stänkern zumute. »Ein Jahr lang Urlaub, das muss doch ein Vermögen kosten.«

»Ich mache nicht nur Urlaub«, korrigiert er. »Nur ganz am Anfang ein paar Wochen lang, zum Eingewöhnen. Danach werde ich arbeiten, das ist alles schon organisiert. Ich kann alles Mögliche machen, in Cafés jobben, Schafe hüten, bei der Kiwi- oder Apfelernte helfen ...«

»Warum hast du damit nicht gewartet, bis ich auch mit der Schule fertig bin? Wir hätten doch auch zusammen ein Jahr weggehen können.«

Kaum ist dieser Satz heraus, bereue ich ihn auch schon. Chris hat nie einen Hehl daraus gemacht, dass er keine Freundin haben will, die zu sehr klammert. Für mich ist das nicht einfach. Er ist mein erster Freund, auch der erste Junge, mit dem ich geschlafen habe, und am liebsten hätte ich ihn immer um mich.

»Anna«, sagt er und richtet seinen Blick zum Himmel. »Ich bin achtzehn Jahre alt, da will ich noch keine Ehe führen. Ich liebe

dich und bin gerne mit dir zusammen, aber meine Freiheit liebe ich auch. Ich will etwas von der Welt sehen, bevor ich eingebunden bin in die ganze Mühle aus Studium, Jobben, Wohnungssuche und Arbeit. Und zwar ohne mich angekettet zu fühlen.«
»Du meinst, wenn du in Neuseeland eine andere kennenlernst, ist das dein gutes Recht und du kannst machen, was du willst?«
»Ein Jahr im Ausland ist eine Erfahrung, die mich vielleicht verändern und prägen wird. Ich verlange von dir auch nicht, dass du die ganze Zeit auf mich wartest.«
»Dann können wir genauso gut gleich Schluss machen, Chris. Ein toller Freund bist du. Und ich dachte, ich bedeute dir was.«
»Tust du doch auch.« Er bleibt stehen und nimmt mein Gesicht in seine Hände, seine Brille beschlägt ein wenig. »Du bedeutest mir sogar sehr viel, und ganz sicher werde ich dich fürchterlich vermissen.«
»Dann bleib hier oder nimm mich mit«, bringe ich gepresst hervor. Meine Kehle fühlt sich an, als hätte ich einen Globus verschluckt. »Das ist alles so unnötig, was du erzählst.«
»Nein.« Chris küsst mich so sanft auf die Lippen, dass mir beinahe schwindlig wird. »Ganz tief in mir drin spüre ich genau wie du, dass wir zusammengehören. Vielleicht sehen wir uns nach einem Jahr wieder, um festzustellen, dass das mit uns fester ist, als wir es uns je erträumt haben.« Er lacht leise und stupst mit dem Zeigefinger auf meine Nasenspitze wie bei einem Kind. »Wahre Liebe kann nichts erschüttern, Anna. Das weißt du doch.«
»Du redest hirnverbrannte Scheiße, Chris«, entgegne ich und befreie mich mit einem Ruck aus seinen Armen. »Erst faselst du was von Unabhängigkeit, und im nächsten Satz lieben wir uns, bis wir gestorben sind. Du musst doch selber merken, was für ein Blödsinn das ist.«
»Du willst mich nicht verstehen«, meint er. »Schade. Mensch, Anna, du bist doch genau wie ich noch viel zu jung, um jetzt schon für alle Zeiten an mir zu kleben. Du kannst die Zeit doch genauso

für dich nutzen. Geh auch ins Ausland, es gibt tausend Möglichkeiten. Such dir einen Job, von dem du nicht mal geahnt hast, dass er dich interessieren könnte. Lern eine fremde Sprache oder ein Instrument, engagier dich sozial oder politisch, irgendwas!«
»Irgendwas«, äffe ich ihn nach. »Fürs Erste habe ich genug damit zu tun, deine Neuigkeiten zu verdauen. Außerdem redest du mit mir, als wäre ich ein uninteressantes, hausbackenes Weibchen und du der große, weltoffene Abenteurer.«
»So meine ich das nicht.« Er versucht, mich abermals an sich zu ziehen, doch ich trete gleich einen Schritt zurück. »Wirklich, Anna, ich wollte dir nicht wehtun. Aber wenn du die ganze Zeit nur auf mich wartest, ist es doch öde für dich.«
Ich verzichte darauf, noch etwas zu erwidern. Für den Rest dieses Nachmittags, der so romantisch begonnen hat, ist der Wurm drin. Alles hängt schief, selbst der Himmel kommt mir auf einmal grau und verhangen vor, obwohl die Sonne noch immer auf unsere Köpfe sticht. Es ist, als hätte uns jemand gewaltsam auseinandergerissen. Ohne uns zu berühren, gehen wir weiter nebeneinander her, steuern erneut die Einkaufsstraße an, betreten mal dieses, mal jenes Geschäft, ohne etwas zu suchen, ich sehe nicht einmal, was in den Regalen und auf den Angebotstischen liegt. Chris kauft auch nichts. Keiner von uns sagt mehr ein Wort.
Zum Schluss bringt er mich nach Hause. Eigentlich wollte ich, dass er noch mit raufkommt, ich habe bestimmt noch bis abends um neun sturmfreie Bude. Aber er sieht mich nicht mal erwartungsvoll an. Also bleibe ich schon ein ganzes Stück vor unserem Haus stehen und sorge dafür, dass er bereits an meinem Blick sieht, wie dringend ich jetzt allein sein möchte.
»Ich hab es wirklich nicht böse gemeint«, sagt er leise, die Hände in den Hosentaschen versenkt. »Wenn ich nur wüsste, wie ich das alles ausdrücken kann, so wie ich es eigentlich sagen wollte. Das war alles nicht gegen dich gerichtet, Anna. Lass uns morgen telefonieren.«

Ich blicke auf meine Schuhspitzen. Die heruntergetretenen Sneakers sehen so aus, wie ich mich selber fühle. Ich habe bald Prüfung. Jetzt noch Stress mit Chris ist das Letzte, was ich gebrauchen kann. Ich muss mich ablenken.
»Vielleicht schau ich nachher mal ins Internet«, erwidere ich. »Nach Jobs, Sprachen, Musikinstrumenten, gemeinnützigen Vereinen. Bereite du mal schön deine Weltreise vor.«
»Anna!«, ruft Chris und sieht aus, als ob er gleich heult.
Ich drehe mich um und lasse ihn einfach stehen.

... zwei ...

Zu Hause ist wirklich niemand. Etwas unschlüssig stehe ich im stillen Wohnzimmer herum und lausche dem Ticken der Uhr an der Wand, so einem altmodischen Teil aus Holz, ein Erbstück, nach dessen Herkunft ich nie gefragt habe. Schräge Sonnenstrahlen dringen durch die frisch geputzte Fensterscheibe und fallen auf den Glastisch vor unserem Sofa, Staubfasern tanzen im Gegenlicht, es hat lange nicht geregnet. Fast bereue ich, Chris weggeschickt zu haben, doch schon bei dem Gedanken an ihn schießen mir Tränen in die Augen. Also gehe ich ins Bad und schaufele mir eine Ladung kaltes Wasser ins Gesicht, um wieder klar zu werden. Auf dem Weg in mein Zimmer, das ich mit meiner Schwester Isa teile, komme ich an unserem Computer vorbei. Er steht in einer notdürftig eingerichteten Arbeitsecke im Flur. Früher hatte mein Vater hier seine Werkbank, doch seit wir vor zwei Jahren endlich einen Kellerverschlag zu unserer Wohnung dazumieten konnten, bastelt er dort. Den PC benutzen wir alle nicht so oft, aber neulich habe ich mit meinem technischen Miniwissen es sogar geschafft, mir eine eigene E-Mail-Adresse einzurichten. Viel Post bekommen habe ich jedoch noch nicht. Chris und ich schreiben uns lieber SMS, und mit meiner besten Freundin Vivien telefoniere ich jeden Tag, wenn wir uns nicht sehen, obwohl sie schon oft die Augen verdreht hat und meinte, ich solle mich doch endlich mal zum Chatten anmelden, das wäre so cool. Ich strecke dem Monitor die Zunge heraus, von wegen im Internet nach interessanten Beschäftigungen für mich suchen. Chris hat sie wirklich nicht alle.
Vivien anrufen. Das ist jetzt genau das Richtige. Ich schnappe mir unser schnurloses Telefon und ein Glas Cola auf Eis und lege mich aufs Bett. Zum Glück ist sie schon nach dem zweiten Klingeln dran, und Zeit hat sie auch.

»Ich brüte gerade auf dem Balkon über den Englischvokabeln«, sagt sie, und tatsächlich höre ich im Hintergrund die Vögel zwitschern. »Es hängt mir schon zum Hals raus, danke für die Ablenkung. Hast du sie schon gelernt?«
»Ich kann sie«, gestehe ich, Englisch fällt mir von allen Fächern noch am leichtesten. Die meisten Wörter kenne ich ohnehin aus den Songs, die mir Chris auf meinen MP3-Player gezogen hat. Man muss nur hinhören und versuchen, die Wörter im Zusammenhang zu begreifen, dann kann man sich vieles ganz leicht merken. »Soll ich dich abfragen?«
Zwanzig Minuten später hat auch Vivien die Vokabeln drauf und kann fast jedes Wort fehlerfrei buchstabieren.
»Wenn ich dich nicht hätte«, seufzt sie erleichtert, und ich höre, wie sie ihr Buch zuschlägt. »Aber jetzt du, Süße. Wo brennt's denn bei dir?«
»Chris. Er geht nach Neuseeland, noch in diesem Jahr. Und zwar gleich für zwölf Monate. Er will dort leben und arbeiten.«
»Wie, für zwölf Monate, ein ganzes Jahr? Und was ist mit dir? Du gehst doch nicht etwa mit? Sag jetzt nicht, dass du mich hier allein lässt.«
Trotz meiner Traurigkeit muss ich lachen. »Nein, ich verlasse dich schon nicht.«
»Ein Glück.« Vivien bläst Luft aus ihren Backen. »Aber sag mal, dass er einfach ohne dich fahren will – was denkt der Idiot sich eigentlich? Der ist ja wohl der größte Egoist, den die Welt je bei sich aufnehmen musste.«
»Du siehst das also auch so wie ich«, schließe ich nachdenklich. »Ich war richtig geschockt. An mich hat er dabei wirklich nicht gedacht.«
»Ja, eben!«, ereifert sich Vivien. »Ihr seid das absolute Traumpaar weit und breit, die ganze Schule beneidet euch um eure Beziehung, und jetzt macht er sich einfach auf und davon? Woher will er denn wissen, ob du ihm ein Jahr lang treu bleibst? Mann,

das muss ein Schock für dich sein. Soll ich ihn mir mal vorknöpfen?«

»Das bringt nichts. Chris ist fest entschlossen, das durchzuziehen.«

»Scheiße. Das hätte ich nicht von ihm gedacht.« Vivien schüttelt am anderen Ende bestimmt den Kopf, irgendetwas höre ich klicken, das muss ihre Angewohnheit sein, die Kappe ihres Tintenrollers abzunehmen und wieder zuzudrücken. Das macht sie immer, wenn sie sich aufregt; wahrscheinlich würde sie in Wirklichkeit lieber Gläser an die Wand werfen. »Der Typ denkt echt nur an sich.«

Ich erzähle ihr, was er alles zu mir gesagt hat, diesen ganzen Quark von großer Liebe auf der einen Seite und großer Freiheit auf der anderen.

»Wenn er mich wenigstens gleich miteinbezogen hätte, als er zum ersten Mal auf die Idee gekommen ist! Aber so habe ich gar keine Chance, ihn zu halten.«

»Der macht sein Ding, egal wie dir zumute ist«, meint auch Vivien. »Im Grunde solltest du ihm keine Träne nachweinen. In einem Jahr kann nicht nur bei ihm viel passieren. Weißt du was: Wir beide machen richtig einen drauf, wenn dieser Egozentriker endlich weg ist. Es gibt auch noch andere tolle Typen. Was hältst du davon, wenn wir gleich morgen Abend um die Häuser ziehen? Nach dem Chor zum Beispiel?«

»Morgen …« Jetzt ist Chris doch noch da, hätte ich beinahe gesagt, und die Zeit läuft, bis er weggeht. Morgen hat er Zeit für mich. Aber da ich schon jetzt Viviens empörten Aufschrei höre, lasse ich es lieber. »Ich weiß nicht, mal sehen. Im Moment muss ich noch viel pauken.«

»Ja, eben! Danach haben wir uns ein bisschen Ablenkung verdient. Und wenn du für Chris mal nicht erreichbar bist, strengt er vielleicht mal seinen Einzellergrips an und überlegt sich, ob außer ihm nicht doch andere Menschen auf dieser Welt existieren.«

»Ich sag dir morgen Bescheid«, verspreche ich. »Jetzt übe ich noch Bio, da stehe ich auch zwischen zwei Noten.« Dann verabschieden wir uns und legen auf.

Die Buchstaben im Biobuch sehen alle aus wie Fliegendreck, ich kann nicht einen einzigen Satz aufnehmen. Meine Cola ist leer, die fast vollständig geschmolzenen Eiswürfel liegen ergeben in einem Rest bräunlicher Flüssigkeit. Immer wieder taucht Chris' Gesicht vor mir auf, fast meine ich noch, seinen Kuss auf meinen Lippen zu spüren und seine Hand in meiner, und doch tut mir alles weh, wenn ich an ihn denke. Nach einem Jahr hat er mich bestimmt komplett vergessen. Vielleicht bleibt er sogar ganz in Neuseeland, das machen ja viele, weil es dort so toll sein soll.

Vom Flur her dringen Stimmen zu mir rein. Ich will niemanden sehen, aber schon kommt meine Schwester Isa ins Zimmer gestürmt, wie immer in totaler Hektik. Ihre Wangen glühen und ihre Augen sehen aus, als hätte sie soeben eine Erscheinung gehabt. Schon holt sie Luft, um mit irgendeiner wahnsinnig aufregenden Neuigkeit herauszuplatzen, doch dann blickt sie mir mitten ins Gesicht. Im selben Augenblick steht meine Mutter hinter ihr im Türrahmen. Auch ihre Augen weiten sich, als sie mich sieht.

»Anna«, sagt sie und schiebt Isa sachte beiseite, um näher zu treten. »Du siehst blass aus, geht's dir nicht gut?« Ohne eine Antwort abzuwarten, legt sie mir die Hand auf die Stirn und an meine Wangen, wiegt den Kopf hin und her. »Heiß bist du nicht, aber von dem Wetterumschwung kann einem schon mal schwindlig werden. Soll ich dir …«

»Mir ist nicht schwindlig.« Nicht zum ersten Mal verfluche ich innerlich unsere enge Wohnung und die Tatsache, dass ich kein Zimmer für mich allein habe. Das hätte ich nämlich jetzt abgeschlossen, aber hier kann man nicht mal in Ruhe Liebeskummer haben. »Wirklich, Mama, es geht mir gut.« Zumindest körperlich, füge ich im Stillen hinzu.

»Gut sieht aber anders aus.« Noch immer heftet meine Mutter ihren Blick auf mich. »Irgendetwas hast du doch, Anna, ich kenn dich doch.« Sie streicht mir übers Haar. »Wenn du es mir nicht sagst, kann ich dir auch nicht helfen, hm?«
»Ich will aber nicht.« Mit einer ruckartigen Bewegung ziehe ich meinen Kopf unter ihren Händen fort. »Lass mich in Ruhe.«
Ein eigenes Zimmer, hämmert es in meinem Kopf, ich will ein eigenes Zimmer, es kann noch so winzig sein, aber ich muss einfach mal die Tür hinter mir zumachen können, allein sein, ich will nicht, dass immer jemand in meinem Gesicht liest. Mit Vivien zu reden hat mir gut getan, aber es muss nicht gleich die ganze Familie wissen, was mit mir los ist. Nicht heute schon. Wenn Chris' Abreise näher rückt, wird meine Mutter sowieso noch genug auf ihm herumhacken.
»Du bist früh wieder zurück«, bemerkt sie mit einem Blick auf die Uhr. »Ihr habt euch doch nicht gestritten, Chris und du?«
»Nein.« Ich drehe meinen Kopf zur Seite, sie kennt mich zu gut, genau wie sie sagt. Und jetzt passiert, was ich die ganze Zeit vermeiden wollte. Weil in mir alles noch wund ist von dem, was mir Chris ausgerechnet an diesem Traumnachmittag eröffnet hat und ich keine Sekunde Ruhe habe, um irgendwie damit klarzukommen und das alles erst mal sacken zu lassen; weil meine Mutter mit ihrer ständigen Sorge und ihrem Röntgenblick und meine Schwester mit ihrem Strahlen mich einengen wie die Wände einer eisernen Jungfrau, deshalb schließt sich in diesem Augenblick ein fester Ring um meinen Hals und gleichzeitig schiebt sich ein Klumpen in meine Kehle. Noch versuche ich, die Tränen zu unterdrücken, mich abzulenken, ich blicke zum Fenster hinaus in den Hof, wo der Hausmeister schon wieder die Sträucher so kurz geschnitten hat, dass kaum noch ein grünes Blatt daran hängt, und das mitten im Mai, wo sich das zarteste Grün des ganzen Jahres ausbreiten will. Ich kann mich nicht ablenken, vor meinen Augen verschwimmt alles, krampfhaft versuche ich an Vivien zu

denken, ich habe doch immer noch sie, auch wenn Chris abhaut. Überhaupt sollte ich mich nicht so abhängig von ihm machen, aber trotzdem sucht sich die erste Träne ihren Weg über meine linke Wange und löst sich erst zwischen meinen Lippen wieder auf. Ich will hier weg. Meiner Mutter habe ich den Rücken zugewandt, aber natürlich ist sie mit einem einzigen Schritt neben mir und dreht mein Gesicht herum, sodass ich sie ansehen muss. Jetzt fragt sie nicht mehr. Sie wartet. Sie wird mich nicht in Ruhe lassen, bis ich ihr alles erzählt habe, sonst kann sie die ganze Nacht nicht ruhig schlafen und fängt morgen früh gleich wieder an. Isa murmelt, dass sie schon mal den Tisch fürs Abendessen decken will, und geht raus. Mit dem kleinen Finger wische ich mir die Träne ab, dann sinke ich aufs Bett und meine Mutter setzt sich neben mich, legt ihren Arm um meine Schultern. Ich erzähle ihr dasselbe wie Vivien, nur kürzer und ganz leise, ich kann nicht mehr, es ärgert mich, dass ich heule.

»Das tut mir leid für dich«, sagt sie und streichelt ein wenig unbeholfen meinen Arm. »Aber überrascht bin ich nicht. Chris ist zu flatterhaft für dich, ständig fällt ihm was Neues ein, und dann muss er es immer sofort umsetzen. Du brauchst einen Jungen an deiner Seite, der ein bisschen beständig ist, Anna. Einen, auf den du dich verlassen kannst, nicht so einen Hallodri wie Christopher. Gibt es in deinem Chor nicht einen netten Jungen?«

»Du redest, als ob ich einfach nur irgendeinen Freund haben wollte. So ein Schwachsinn. Ich will Chris.«

»Und der lässt dich hängen«, kontert sie. »Ein Jahr ist in eurem Alter eine lange Zeit. Für mich heißt das, Chris nimmt eure Beziehung gar nicht so ernst. Vielleicht solltest du das auch nicht tun.«

»Wie kann ich es nicht ernst nehmen, wenn Chris meine große Liebe ist?« Ich springe auf und hechte an meinen Nachttisch, um in der Schublade nach einem Taschentuch zu wühlen. »Er wird mir fehlen, Mama, darum geht es, nicht um einen x-beliebigen Typen, der vielleicht bodenständiger ist!«

»Wann fährt er?«

»Diesen Sommer haben wir noch.«

»Vielleicht ist seine Abreise ein geeigneter Zeitpunkt, um Schluss zu machen«, meint sie. »Oder vorher schon. Ihr seid noch so jung, so lange musst du nicht auf ihn warten. Nachher kommt er zurück und will dich gar nicht mehr, und dann ...«

»Vielen Dank«, fauche ich und schnäuze mir geräuschvoll die Nase. »Das ist genau das, was ich jetzt am meisten gebrauchen kann, Mama.«

»So war es doch nicht gemeint«, ereifert sie sich. Im selben Augenblick geht die Tür auf und Isa kommt wieder herein. Ihr Strahlen von vorhin ist einem betretenen Blick gewichen, sie weiß auch nicht, wohin mit sich, der ganze Tag ist versaut. Leise verkündet sie, dass Papa jetzt da ist und das Abendbrot fertig ist. Mama lächelt zaghaft und nickt ihr zu.

»Jetzt essen wir erst mal«, meint sie und will mir aufhelfen, als wäre ich krank. »Du bist ja zum Glück nicht allein, wir stehen dir alle bei. Die erste Liebe hält selten für immer, das erfährt jedes Mädchen irgendwann einmal. Morgen siehst du alles vielleicht schon mit anderen Augen.«

Ich nicke schweigend, alles andere hat keinen Sinn. Ehe ich in die Küche zu den anderen gehe, verschwinde ich noch kurz im Bad, um mich wieder zu sammeln, damit mein Vater nicht sieht, dass ich geheult habe und mir sonst vielleicht auch noch Fragen stellt. Ein paarmal atme ich tief durch, dann schaffe ich es tatsächlich, ganz ruhig zu den anderen zu gehen, als ob nichts sei. Als ob nicht gerade meine Welt stehen geblieben wäre und ich auf einer Eisscholle übers Meer treiben würde, ohne zu wissen, wohin. Alles ist so verworren, so anders als es bis heute Nachmittag noch erschienen war. All meine Hoffnung hatte ich auf die Zeit nach dem Schulabschluss gelegt, auf Chris und mich und dann noch darauf, eine Ausbildung anzufangen. Ich wollte, dass wir uns immer weiter lieben, bis wir vielleicht irgendwann zusammen-

ziehen, nächstes Jahr oder auch etwas später. Eine ganz kuschelige Wohnung wollte ich mit ihm haben, sie hätte nicht in der tollsten Gegend sein müssen, aber dafür groß, damit jeder von uns sein eigenes Zimmer haben kann, in meinem hätten wir schlafen können, dazu noch ein Wohnzimmer. Jetzt weiß ich gar nicht, wofür ich mich in der Schule noch anstrengen soll.
Gerade als mir am Tisch dieser Gedanke durch den Kopf geht, sieht mich mein Vater an, während er nach der Butter greift. Nach der Arbeit war er, wie jeden Mittwoch und Freitag, beim Fußball, sogar seine Trainingshose trägt er noch. Aber wenigstens ist er frisch geduscht. Sein feuchtes Haar, das viel moderner geschnitten ist als das von meiner Mutter, hat er nach hinten gekämmt, ein paar Strähnen fallen ihm locker in die Stirn. Wir beide haben dieselbe mittelblonde Haarfarbe; als ich mir vor einem halben Jahr zum ersten Mal blonde Strähnen habe einfärben lassen, hat Papa glatt überlegt, ob er das auch machen soll. Er war richtig beleidigt, als Mama ihn deswegen ausgelacht hat.
»Nun ist es ja bald so weit, Anna«, meint er und lächelt mir vielsagend zu. »Bist du schon aufgeregt vor den Prüfungen?«
»Es geht«, gebe ich zurück. Mit der Gabel ritze ich unsichtbare Muster in die Tischdecke. »Das kommt bestimmt erst kurz vorher. Im Moment lenkt mich das Lernen noch ab.«
»Du kannst jederzeit zu mir kommen, wenn du Hilfe brauchst«, bietet er mir an. »Aber wie ich dich kenne, übst du lieber mit Chris.«
Meine Mutter öffnet den Mund, um etwas zu sagen, doch mit einem einzigen Blick gebe ich ihr zu verstehen, dass ich nicht will, dass sie beim Essen alles gleich ausposaunt. Gerade als ich aufstehe, um neues Teewasser aufzugießen, klingelt das Telefon. Schneller als ich ist Isa am Apparat, reicht mir jedoch den Hörer weiter.
»Wenn man vom Teufel spricht«, sagt sie. Ein freudiger Schrecken jagt durch meinen Körper, aus dem Augenwinkel nehme ich den

warnenden Blick meiner Mutter wahr: Lass dich nicht wieder von ihm einlullen, sagen ihre Augen, aber ich drücke den Hörer schon an mein Ohr und verschwinde in Isas und meinem Zimmer. Die Tür schließe ich fest hinter mir. Vielleicht wird doch noch alles gut.

»Chris!«, japse ich, sobald ich sicher bin, dass mich niemand hören kann. »Wie lieb, dass du noch mal anrufst. Was machst du gerade?«

»An dich denken«, gesteht er. Mit seiner Stimme im Ohr wird mir ganz warm, und sofort spüre ich wieder, wie sehr ich ihn liebe. Er räuspert sich. »Ich wollte dir sagen, dass es mir leidtut, wie es heute zwischen uns gelaufen ist. Das mit Neuseeland mache ich nicht, um dir wehzutun.«

»Weiß ich«, flüstere ich, aus dem Flur habe ich eben Geräusche gehört. »Das weiß ich doch, Chris. Ich hätte nicht so herumzicken sollen. Mir tut es auch leid.«

»Sehen wir uns morgen?«

»Klar«, antworte ich. »Du kannst mich von der Schule abholen und wir gehen irgendwohin, was essen oder so. Bloß zum Chor muss ich noch, aber der fängt erst um sechs an.«

»Ich wusste, dass du nicht nachtragend bist«, sagt Chris leise. »Deshalb liebe ich dich auch so sehr. Lass uns die Zeit bis zu meiner Abreise zusammen genießen, so gut es geht.«

»Das machen wir«, verspreche ich ihm. Dann sehe ich die Umrisse von Isas Körper durch die Milchglasscheibe näher kommen und verabschiede mich rasch von ihm.

»Besser?«, fragt meine Schwester, nachdem sie mich ausgiebig gemustert hat. Ich nicke, und gleich darauf beginnt sie, mir von ihrem Nachmittag zu erzählen, von der Eröffnung des Freibades am Baggersee, das sie und ihre Freundinnen gleich heute am ersten Tag besucht haben, und von einem Jungen, der sie von seinem Handtuch aus die ganze Zeit beobachtet hat.

»Deshalb hast du vorhin so gestrahlt«, stelle ich fest und schäume

innerlich fast über vor Freude, dass es jetzt zwischen Chris und mir wieder stimmt. Dass wir zumindest nicht zerstritten sind, wo nur noch so wenig gemeinsame Zeit vor uns liegt. »Und? Hat er dich angesprochen?«
Isa schüttelt den Kopf. »Das nicht. Aber Lars aus meiner Klasse kennt ihn und will mal horchen, ob er mich wirklich gut fand. Ich jedenfalls fand ihn total süß.« Dann beschreibt sie mir in allen Details, wie er aussieht.
Später setzt sich Isa an den Schreibtisch in ihrer Hälfte unseres gemeinsamen Zimmers und nimmt ihr Mathebuch aus dem Rucksack, um Hausaufgaben zu machen. Sie ist schnell fertig und schlägt danach ihr Tagebuch auf. Das kann dauern, ihr Tagebuch ist ihr engster Vertrauter, dem sie alles sagt, was sie sonst hinter ihrer niedlichen, heiteren Fassade verbirgt. Ganz, ganz selten liest sie mir etwas daraus vor. Aber nur, wenn sie meine Meinung über etwas wissen will, das sie beschäftigt.
Ich drehe die Stereoanlage leise an und mache es mir mit dem Hefter vom Chor auf meinem Bett gemütlich, um im Stillen die Lieder noch einmal durchzugehen. Im Moment bin ich froh, dass ich Isa habe; solange wir uns im Zimmer nicht in die Quere kommen, ist es schön zu zweit. Manchmal beneide ich sie. Alles an Isa ist ein bisschen zarter, kleiner, ebenmäßiger als an mir, ihre Figur, ihre Nase, die feingliedrigen Hände, die glänzenden dunklen Haare. Jeder findet Isa süß, und der Junge vom Baggersee kann froh sein, wenn er sie als Freundin bekommt.
Noch einmal kommt meine Mutter herein und legt einen Stapel Handtücher in unseren Schrank, doch als sie uns beide lernen sieht, verschwindet sie wieder und schließt die Tür so leise hinter sich, als würden wir schlafen. Isa und ich prusten vor Lachen, als sie weg ist. Aber gleich danach kommt sie noch einmal herein und stellt ein Tablett mit zwei Gläsern Orangensaft auf den Schreibtisch.
»Wer so fleißig arbeitet, braucht viele Vitamine«, sagt sie und

streicht Isa übers Haar. Mit einem Blick auf mich fügt sie hinzu: »Ich freue mich, dass ich euch wieder lachen sehe.«
Ich blicke ihr fest in die Augen.
»Klar lache ich, Mama. Wieso auch nicht? Ich werde zu Chris halten, egal wie weit und wie lange er weg ist, und egal was passiert. Dagegen kannst du gar nichts machen.«
Und ohne ihre Antwort abzuwarten, beuge ich mich wieder über meinen Hefter.

... drei ...

»An-na.« Unsere Chorleiterin Frau Kraus ruft meinen Namen im Takt des Gesangs, ich habe meinen Einsatz verpasst. In der ersten Strophe von »California Dreamin'« singe ich die Solostimme. Der Song passt gerade zu meiner Stimmung, gleich im ersten Refrain musste ich wieder an Chris denken, an sein Fernweh, das ihn sogar fort von mir treibt, obwohl er genau wie ich sagt, dass es zwischen uns die große Liebe ist. Alles ist so verworren.
»Anna, weißt du den Text nicht mehr? *If I didn't tell her I could leave today* ... Wo hast du nur heute deine Gedanken? Komm, noch mal von vorne.«
Dieses Mal klappt alles. Der Text liegt vor mir auf dem Notenständer, das war gar nicht das Problem, ich kann den Text auswendig. An der Konzentration hat es gehapert. Jetzt versuche ich, all meine Gefühle in den Gesang zu legen, mich in Chris hineinzuversetzen, der von fernen Ländern träumt, von einem Leben in ganz anderer Umgebung, mit Menschen, die vielleicht ganz anders denken als wir hier in unserem kleinen Deutschland, von Erlebnissen, die er hier nie haben könnte. Er hat schon recht, diese Möglichkeit hat man nur, solange man jung ist. Vorhin beim Pizzaessen haben wir wieder lange über seine Pläne gesprochen, und fast habe ich mich dabei ertappt gefühlt, dass ich mich von Chris' Sehnsucht nach der Ferne, nach Freiheit, habe anstecken lassen. Chris hat über dem Tisch meine Hand gehalten, und dann haben wir erst mal von unseren gemeinsamen Ferien geträumt. Wenn ich nur die Prüfungen erst hinter mir hätte! Die Zeit danach wollen Chris und ich ganz intensiv zusammen erleben, ich will versuchen, nicht ständig daran zu denken, dass er bald geht. Wenn wir wirklich zusammenbleiben und irgendwann vielleicht Kinder haben, können wir eigentlich auch ganz woanders ... Ich schweife schon wieder ab, aber ich singe weiter, sehe vor mir jetzt den

Himmel und mich selbst in einem Flugzeug, das in gleißendem Sonnenlicht über den Wolken schwebt, während ich mir vorstelle, mit Chris auf dieser weichen Wattelandschaft zu schweben, zu tanzen ...
»*I'd be safe and warm if I was in L.A. ...*« Vielleicht sollte ich auch mal weg von zu Hause, etwas anderes sehen als unsere piefige Kleinstadt, die ewige Fürsorglichkeit meiner Mutter und meinen Alltag, der sich nur um Schule und Ausbildung drehen wird, sobald Chris weg ist. Aber wohin, und was soll ich woanders machen? Als Mädchen allein irgendwo neu anzufangen, ist auch nicht leicht, mal ganz davon abgesehen, dass ich nicht mal wüsste, wovon ich das bezahlen sollte. Selbst für unseren gemeinsamen Urlaub jetzt habe ich schon unzählige Stunden als Babysitterin gejobbt, weil meine Eltern bei zweihundert Euro Zuschuss den Geldhahn zudrehen. Zudrehen müssen, weil es nicht anders geht. Aber mit Chris kann ich über meinen Traum sprechen, er findet den Gedanken bestimmt gut.
Der Song ist vorbei. Frau Kraus' Augen strahlen durch ihre dünne randlose Brille, sie lässt ihre Hände sinken, nachdem sie den Schluss dirigiert hat und wir unisono den letzten Ton gesungen haben.
»Prima«, sagt sie. »Schön, dass du wieder zu dir gefunden hast, Anna, eben warst du richtig gut, sehr emotional. Die anderen auch.« Sie wirft einen Blick auf den schwarzen Reisewecker, der immer neben dem Metronom auf dem Klavier steht. »Zehn Minuten haben wir noch. Das Lied ›Nobody Knows The Trouble I've seen‹ können wir im Schlaf. Singen wir das zum Abschluss!«
Wenige Minuten später packen wir alle unsere Noten zusammen. Vivien ist schneller fertig als ich und wartet. Eilig stopfe ich meinen Schnellhefter in die Umhängetasche und trete gemeinsam mit ihr nach draußen.
»Tolle Luft«, meint Vivien und hält ihr Gesicht in den milden Frühsommerwind. »Du glaubst gar nicht, wie sehr ich mich auf

den Sommer freue ... weißt du, was ich dieses Jahr unbedingt schaffen will? Hört sich vielleicht albern an, und es ist auch gar nichts Weltbewegendes. Aber ich möchte so gerne mal im Freibad vom Zehnmeterbrett springen! Ich hab wahnsinnig Angst davor, aber es muss ein irres Gefühl sein, wenn man *das* geschafft hat.«
Ich sehe sie von der Seite an; sie blickt in die Ferne, als sähe sie schon alles genau vor sich: das tiefblau glitzernde Wasser unter ihr, die Aussicht über das gesamte Schwimmbadgelände, wie man sie nur von dort oben hat, das kribbelige Gefühl, wenn sie sich nach unten fallen lässt, den Adrenalinkick danach.
»Du schaffst das bestimmt«, ermutige ich sie. »Ich bin dabei und sehe zu.« Bestimmt will sie von mir hören, dass auch ich den Sommer herbeisehne und alles, was wir dann zusammen unternehmen können. Aber ich sage nichts.
Die Abendsonne wirft lange Schatten von den Häusern und Bäumen, das Straßencafé an der Ecke ist voll belebt, ich höre das angeregte Plaudern der Leute bis hier. »Riechst du das auch, Anna? Wenn es draußen so ist wie jetzt, kann ich einfach nicht zu Hause bleiben, schon gar nicht nach dem Linoleumgestank im Musiksaal. Komm, wir ziehen noch ein bisschen um die Häuser! An so einem Abend muss ich einfach mal jemanden kennenlernen.« Sie zwinkert mir zu. »Und du eigentlich auch.«
»Ich weiß nicht.« Ich werfe einen Blick auf die Zeitanzeige meines Handys, die laue Brise weht mir eine Haarsträhne ins Gesicht. »Normalerweise hätte ich Lust, aber ... als Chris mich vorhin hergebracht hat, sagte er, dass er vielleicht abends noch mal bei mir vorbeikommt.«
»Chris? Sag mal, merkst du noch was, Anna? Die Tage mit ihm kannst du von deinem kostbaren Leben abziehen, er verschwindet in ein paar Wochen! Und du läufst ihm weiter nach, nur weil er dir zwischendurch wieder die Nummer von der großen Liebe erzählt. Wach doch mal auf! Der Typ lässt dich hängen, da musst du auch dein Leben leben! Ohne ihn!«

Ich schüttele den Kopf. »Versteh mich doch, Vivien. Ich weiß das alles mit Neuseeland doch erst seit ein paar Tagen. Ich kann Chris nicht einfach ausknipsen wie eine Nachttischlampe. Er ist ... eigentlich der wichtigste Mensch in meinem Leben.«
»Du mich auch«, kontert Vivien.
»So meine ich das nicht, und das weißt du genau. Logisch bist du mir auch irre wichtig, und natürlich auch Isa, unsere Klasse und so, meine Eltern. Das ist doch sowieso klar. Aber ich kann ihn doch nicht einfach fallen lassen, nur weil er sich einen Lebenstraum erfüllt!«
»Sein Lebenstraum findet ohne dich statt, Süße. Unter Liebe stelle ich mir jedenfalls was anderes vor.«
»Jungs mögen keine Mädchen, die klammern.«
»Und deswegen musst du jetzt zu ihm. Alles klar.« Vivien wirft mir einen Blick zu, als hätte ich behauptet, das zarte Grün an den Bäumen ringsum sei in Wirklichkeit lila. Dann dreht sie sich auf dem Absatz um und geht. Geht ohne mich weiter, auch als ich ihren Namen rufe. Geht, ohne sich noch einmal nach mir umzudrehen. Ich weiß doch auch nicht, was richtig ist, denke ich und möchte am liebsten schreien. Doch stattdessen bleibe ich noch eine Weile auf dem Treppenabsatz der Musikschule stehen, als wären Bleiplatten unter meine Füße geschraubt, bin unfähig zu denken. Ich atme den Duft dieses Abends nicht mehr und spüre nicht mal mehr meine Freude auf Chris. Vivien hat alles verdorben.
Zu Hause sehe ich auf dem Anrufbeantworter nach, ob eine Nachricht von ihm drauf ist, denn auf meinem Handy hat sich gar nichts getan, vom Ende der Chorprobe bis ich hier angekommen bin. Durch meinen Körper jagt ein Gefühl wie ein elektrischer Schlag, drei neue Nachrichten sind drauf, eine *muss* von ihm sein, ganz sicher. Mit klopfendem Herzen drücke ich die Abspieltaste. Die erste Nachricht ist von Mamas bester Freundin, die endlich mal wieder mit ihr abends weggehen will. Sollen sie

ruhig gehen, Mama hockt sowieso viel zu viel hier und will alles kontrollieren. Danach eine Männerstimme, ich zucke schon zusammen, aber es ist nicht Chris, sondern jemand aus Papas Sportverein, morgen sei Vorstandssitzung und er solle das Verlängerungskabel für den Beamer nicht vergessen. Aber jetzt. Die nächste muss von Chris sein. Ist sie auch, seine Stimme dringt in mein Innerstes, ich schließe die Augen und lausche. Zu schön, dass ich ihn gleich auch noch sehen werde, dieser Abend ist wirklich wie geschaffen, um noch etwas zu unternehmen.

»Hey Anna, ich schaff's heute doch nicht mehr, sei nicht böse, ja? Konstantin hat mir gerade 'ne Mail geschickt, in der Volkshochschule ist heute ein Vortrag über Neuseeland, da wollen wir unbedingt hin. Du hättest natürlich mitkommen können, aber das fängt schon um halb sieben an, wenn du noch beim Chor bist. Ich melde mich morgen, versprochen. Lieb dich, ciao.«

Na toll. Da hätte ich genauso gut mit Vivien weggehen können. Jetzt geht das natürlich nicht mehr. Jetzt kann ich nicht plötzlich angekrochen kommen und sagen, ich hätte doch Zeit. Sie ist sowieso schon angepiekt, und ich kann es ihr nicht einmal verübeln. Leise fluche ich vor mich hin, die ganze Welt scheint sich an diesem beschissenen Abend zu amüsieren, nur ich komme mir vor wie ein Hamster im Labyrinth, der ständig von einer Wand zur anderen rennt und einfach nicht die richtige Richtung findet. Hätte ich mich doch anstecken lassen von Viviens Lust auf diesen Frühlingsabend und ihrem Hunger auf das Leben, auf die Zukunft. Aber jetzt ist der Moment vorbei. Alleine loszuziehen wäre witzlos. Genauso öde ist es aber auch, hier noch länger zu hocken und zu grübeln. Meine Gedanken drehen sich auch bloß im Kreis und lenken mich ab von allem, was wichtig ist. Um wieder klar zu werden, gehe ich ins Bad und lasse den Kaltwasserhahn laufen, bis meine Hand schmerzt, als ich sie in den Strahl halte. Erst dann stöpsele ich den Ausguss zu und warte, bis das Waschbecken voll ist, binde meine langen Haare hinten zusammen und tauche mein

Gesicht in das eisige Nass. Erst als ich dringend Luft holen muss, komme ich wieder hoch. Dann lerne ich eben noch ein bisschen, sage ich stumm zu meinem Spiegelbild. Niemandem ist geholfen, wenn ich wegen Chris die Prüfung in den Sand setze. Ich könnte mit dem Referat in Geschichte anfangen, das ich Anfang Juni halten soll, um meinen Punktestand zu verbessern.

Aber als ich meine Bücher zusammengesucht habe und den PC einschalten will, sitzt Isa schon dran, ihre Finger fliegen über die Tastatur. Als ich mich abwartend hinter sie stelle, scheint sie mich nicht einmal zu bemerken. Auf dem Bildschirm wächst die inhaltliche Zusammenfassung einer Kurzgeschichte von Borchert, das mussten wir in der 8. Klasse auch machen.

»Dauert es noch lange?«, frage ich sie und stütze mich mit den Händen auf die Rückenlehne ihres Stuhls.

»Was? Ja, eine halbe Stunde bestimmt noch«, antwortet Isa, ohne ihren Blick vom Bildschirm zu wenden. »Wieso?«

»Weil ich bald Prüfung habe«, höre ich mich sagen, meine Stimme klingt schriller in meinen Ohren, als ich gewollte habe, doch es macht mich rasend zu sehen, wie mühelos Isa ihre Zusammenfassung herunterreißt. Das Buch liegt zugeklappt neben ihr, alles was sie schreiben will, scheint sie genau im Kopf zu haben. »Ich muss auch noch lernen, also beeil dich.«

Erst jetzt löst meine Schwester ihre Finger von der Tastatur und will sich zu mir umdrehen, es gelingt ihr nicht, weil ich den Stuhl noch immer festhalte. Mit einer ruckartigen Bewegung zwingt sie mich, loszulassen.

»Spinnst du?«, faucht Isa. »Wenn du hier rumstehst und nervst, dauert es noch länger! Ich kann auch nichts für deine schlechte Laune!«

»November schreibt man mit v, nicht mit w«, erwidere ich und tippe auf den Bildschirm.

»Weiß ich, das ist nur ein Tippfehler«, stöhnt sie und verbessert ihn rasch, ehe sie noch zwei abschließende Sätze schreibt. Dann

klickt sie auf »drucken«, und gleich darauf fährt ein Bogen nach dem anderen aus dem Gerät. Mit entschlossenen Bewegungen nimmt Isa ihre Blätter aus dem Ausgabefach und überprüft, ob keine Seite fehlt. Schließlich steht sie auf.
»Kannst ran«, sagt sie knapp. »Fertig bin ich zwar noch nicht, aber die Klügere gibt nach. Viel Spaß auch.«
Blöde Henne, denke ich und öffne den Internet-Explorer. Statt der Französischen Revolution rufe ich bei Google Neuseeland auf.

Erst kurz vor Mitternacht liege ich in meinem Bett, an der Wand gegenüber höre ich Isa leise atmen. Auch Mama und Papa sind längst schlafen gegangen, immer wieder ging jemand durch den Flur an mir und dem Computer vorbei, das muss so gegen halb elf gewesen sein, und als endlich alles still war, wollte ich noch nicht aufhören. Im Internet gibt es alles, nicht nur diese Flut an Informationen, die ich für die Referate brauche. Jedes Mal, wenn ich eine neue Website angeklickt habe, öffneten sich noch ein paar andere; Werbung, Gewinnspiele und Seiten, auf denen man sich mit anderen Leuten unterhalten kann, chatten, jetzt weiß ich endlich mal, wie das ungefähr geht. Ein paar aus unserer Klasse reden dauernd davon, wen sie dabei schon alles kennengelernt haben. Man tippt eine Botschaft in die Tastatur ein und bekommt sofort eine Antwort zurück und immer so weiter, es ist, als ob man schriftlich telefoniert. Angemeldet habe ich mich zwar nicht, weil ich gar nicht weiß, worüber ich mich da mit Leuten unterhalten soll, die ich überhaupt nicht kenne. Aber ein paar Fotos habe ich mir angesehen. Morgen in der Schule muss ich unbedingt Vivien fragen, ob sie mit mir einen Account einrichtet. Mit ihr zu chatten, wäre bestimmt lustig, und noch besser: Ich kann auf die Art mit Chris in Kontakt bleiben, wenn er in Neuseeland ist. Dann, glaube ich, kann uns nichts mehr trennen, wir bleiben uns die ganze Zeit nah, über viele tausend Kilometer hinweg.

Isas Tagebuch, Mittwoch, den 2. Juni

Hallo Tagebuch,
heute dreht sich in diesem Haus mal wieder alles nur um Anna, deshalb habe ich endlich mal wieder Zeit zum Schreiben. Sie paukt unentwegt für ihre Abschlussprüfung, den mittleren Schulabschluss. Die Mündlichen in Geschichte und Mathe liegen noch vor ihr, sie hat Schiss, weil sie nicht allzu berauschend vorzensiert ist.
Vor allem aber redet sie immerzu von Mallorca. Da will sie nämlich in den Ferien mit ihrem Superlover Chris hin, der in letzter Zeit allerdings ziemlich am Rad dreht. Wenn er hier ist – was selten genug vorkommt, aber in dieser Wohnung können die beiden auch nie ungestört knutschen – labert er ständig irgendwas von einer Weltreise, die er machen will. Anna ist in letzter Zeit ziemlich unausstehlich deswegen. Gestern hat sie mich z.B. angeschrien, nur weil ich ganz kurz meine Jacke auf ihr Bett gelegt hatte. Dabei wollte sie sich noch nicht mal hinlegen! Heute ist sie zum Glück besser drauf. Mama hat noch ein bisschen herumgemotzt wegen der Vier in Mathe, von wegen das hätte wirklich nicht sein müssen, Papa hätte dir doch helfen können usw., Papa selbst hat aber nur abgewinkt und meinte, nach den Zensuren würde doch später kein Mensch mehr fragen. Die beiden wollten gerade anfangen sich zu zoffen, doch dann klingelte zum Glück Papas Handy und er verschwand damit im Bad. Komischer Ort zum Telefonieren, aber hier hat man auch wirklich selten mal Ruhe. Anna wirkte ganz locker, zum ersten Mal seit Langem. Jetzt steht sie hier vor dem Spiegel und malt sich an, weil sie gleich noch weggehen will. Ihr Lidstrich sieht ein bisschen verwackelt aus, den kriege sogar ich besser hin. Aber wenn ich ihr das sage, flippt sie bestimmt gleich wieder aus. Ich will ihr die gute Laune nicht verderben. Das letzte Mal, dass sie die hatte, ist lange her.
Aber ich muss dir noch was erzählen, Tagebuch. Streng geheim! Du weißt doch noch, neulich am Baggersee, wen ich da kennengelernt habe. Pascal. Obwohl – kennengelernt ist übertrieben. Er war vorges-

tern wieder da. Als ich mir am Kiosk Pommes geholt habe, stand er genau hinter mir. Erst habe ich es gar nicht gemerkt, aber dann gab mir Eleni ein Zeichen, ich drehte mich kurz um und wusste Bescheid. Angesprochen hat er mich immer noch nicht, aber süß geguckt. Ich habe die ganze Zeit wie besessen auf Eleni eingeredet, laut erzählt, dass ich meinen Rettungsschwimmer machen will und gerade am Mofaführerschein dran bin. Dabei weiß sie das alles längst, logisch. Aber Pascal hat ganz genau zugehört, das habe ich daran gemerkt, dass er hinter mir ganz still wurde, statt weiter mit seinen Kumpels herumzuflaxen und blöde Witze zu reißen.
Anna ist fertig mit Schminken, den Lidstrich hat sie wieder abgemacht, jetzt sieht sie richtig gut aus. Ich muss Schluss machen, Tagebuch, damit ich ihr sagen kann, was für ein Vollidiot dieser Chris ist, wenn er glaubt, so ein Mädchen würde hier satte zwölf Monate hocken und auf ihn warten!

Bis bald, deine Isa

Ich weiß nicht, wie ich die letzten Wochen überstanden habe, aber jetzt endlich ist es so weit. Die Schule liegt hinter mir. Ich habe den mittleren Schulabschluss bestanden und noch am selben Tag alle Hefter in die Papiertonne vor dem Haus geschmissen.
Peitschender Hip-Hop dröhnt mir entgegen, als ich den Club betrete, den unser Jahrgang für die Abschlussfeier extra gemietet hat. Das Schwarzlicht verwandelt mein weißes Shirt sofort in ein leuchtendes Violett, und im selben Augenblick fällt alles von mir ab. Noch ehe ich Vivien in der Menge gefunden habe, bewege ich mich auf die Tanzfläche zu, verschwinde zwischen all den heißen, sich im Rhythmus der Musik bewegenden Körpern. Manche Gesichter erkenne ich, andere nicht, wir haben durchgesetzt, dass auch Freunde mitkommen dürfen. Schon nach wenigen Minuten kleben meine Haare im Nacken und an den Schläfen, Durst habe ich auch, aber ich tanze weiter, selten habe ich mich so eins gefühlt

mit der Musik. Erst jetzt begreife ich so richtig, dass ich frei bin, frei von der Schule, die mich zehn endlose Jahre gefangen gehalten hat. Kein frühes Aufstehen mehr, keine Hausaufgaben, keine Klassenarbeiten, kein Lehrergemecker wegen nichts und wieder nichts. Ein paar Tage lang müssen wir pro forma noch erscheinen, aber es passiert nichts mehr, wir geben die Bücher ab, tragen uns aus allen möglichen Listen aus, räumen unsere Schließfächer leer. Sogar die Lehrer werden entspannt mit uns umgehen. Plötzlich ist es überhaupt nicht mehr wichtig, was ich im Mündlichen alles nicht gewusst habe, weil ich beim Lernen immer nur an Chris denken konnte und daran, dass er bald nicht mehr hier ist. Es spielt keine Rolle mehr, wie knapp ich bestanden habe, jetzt zählt nur noch die Freiheit.

In einer Ecke erkenne ich Viviens lange blonde Mähne, die ihr im Takt der Musik um den Kopf fliegt. Auch sie entdeckt mich jetzt und kommt mir strahlend entgegen, hinter ihr winken mir Celina und Debora zu, die sich jedoch gleich darauf wieder zwei Jungen widmen, die ich noch nie gesehen habe. Vivien und ich fallen uns lachend um den Hals.

»Geschafft!«, jubeln wir wie aus einem Mund. »Die Schule von hinten sehen, gibt es noch was Besseres?« Dann schiebe ich Vivien zur Bar, wo ein Tablett mit Sektgläsern bereitsteht. Sobald wir anstoßen, gesellen sich noch andere dazu, das kühle, prickelnde Getränk wirkt sofort, im Kopf wird mir angenehm schummerig, und ich beginne, ausgelassen herumzualbern. Noch ehe mein Glas halb leer ist, lande ich wieder auf der Tanzfläche. Doch plötzlich hält mir jemand von hinten die Augen zu. Ich weiß, wer. Diesen Duft gibt es auf der ganzen Welt kein zweites Mal.

»Chris!«, rufe ich, drehe mich um und lasse mich in seine Arme sinken.

»Herzlichen Glückwunsch zum Schulabschluss, Süße«, sagt er leise und küsst mich auf die Nasenspitze. Wie auf Bestellung beginnt ein langsamer Song, und Chris hält mich, wie er mich immer gehalten hat, es gibt nur noch uns beide, alles andere ist weit weg, die Schule, und sogar Neuseeland. Ich versinke in der Musik und in meinen Gefühlen für ihn. Ich bin mir ganz sicher, alles wird gut.

... vier ...

Unsere Familie beim Abendessen. Wir sind alle zusammen, und doch erscheint es mir, als schwebe jeder in seiner eigenen Welt, innerlich ganz weit weg von den anderen. Bei Isa ist es am deutlichsten, sie lächelt vor sich hin, als wäre sie aus einem schönen Traum noch nicht ganz aufgewacht. Wir reden kaum. Nur meine Mutter scannt mit ihren Augen immer wieder den Tisch, unsere Teller und Gläser, überprüft ständig, ob wir von allem genug haben, Kartoffeln, Rindfleisch, Mischgemüse und Soße, dazu die Getränke, Apfelschorle für Isa, mich und sie selbst, Rotwein für meinen Vater, der etwas fahrig wirkt, unruhig, ungeduldig, geladen. Eigentlich hat ihm keiner was getan.
»So langsam kannst du ruhig mal anfangen, Bewerbungen zu schreiben, Anna«, sagt er schließlich. »Wenn es dafür nicht sogar schon ein bisschen spät ist. Die Firmen wollen ihre Auszubildenden ja nicht erst einen Tag vor Arbeitsbeginn kennenlernen. Soweit ich weiß, ist das eigentlich schon mit den Halbjahreszeugnissen im Winter losgegangen. Hast du da etwas abgeschickt?«
Stumm schüttele ich den Kopf. Im Januar hatte ich absolut noch keinen Schimmer, was ich jetzt nach der Schule machen will. Eigentlich habe ich das immer noch nicht. Aber damit kann ich meinem Vater nicht kommen, bei ihm muss immer alles gleichzeitig passieren, sonst wird er nervös. Dabei ist das doch krank, dass wir uns schon bewerben müssen, wenn wir noch nicht mal wissen, ob wir den Schulabschluss überhaupt schaffen. Bewerbungen zu schreiben ist so eine Wahnsinnsarbeit, das hat mein Vater anscheinend vergessen. Bei ihm ist das ja auch schon eine Ewigkeit her, weil er sich seit einer Ewigkeit eine Tankstelle mit seinem Cousin teilt. Reich wird man davon zwar nicht, sagt er, aber tanken tun die Leute immer, egal ob das Benzin teuer ist oder der Preis ausnahmsweise mal fällt. Wenn er wüsste, wie

frustrierend es ist, Bewerbungen zu schreiben, würde er vielleicht etwas verständnisvoller reagieren. Man darf sich nicht einen Tippfehler erlauben, alles muss genormt sein, in Raster gepresst, möglichst auf der ersten Seite soll der Chef schon erkennen können, wie du drauf bist, damit ihn dein Schreiben nicht unnötig von seiner wichtigen Arbeit abhält. Und natürlich müssen die Schulnoten alle perfekt sein, nur Einsen von vorne bis hinten, sie wollen nur perfekte Menschen, ausgereifte, leistungsstarke, hoch motivierte Persönlichkeiten schon mit sechzehn. Jedenfalls kommt es einem manchmal echt so vor.

Ich bin heilfroh, dass ich den Abschluss hinter mich gebracht habe. Es ist typisch Papa, dass er mich nach der ersten Freude gleich wieder anschubsen muss. Bei ihm muss es immer sofort weitergehen, nie gönnt er sich selber oder anderen, auch mal innezuhalten und den Moment zu genießen. Einen Moment, der eben auch mal ein paar Wochen dauern kann.

Dabei will ich mit Chris zusammen sein, mit ihm träumen, in den Tag hineinleben, seine Nähe genießen. Die Liebe leben. Mit ihm verreisen, an seiner Seite die Welt entdecken. Mich öffnen für alle möglichen neuen Eindrücke, bevor ich nach der Schule wieder in eine neue Alltagsmühle eingesperrt bin. Das ist eigentlich das Einzige, woran ich im Moment denke. Und so was ist doch auch wichtig. Man kann doch nicht immer nur an Leistung und Geld verdienen denken. Nicht jetzt schon. Vielleicht hätte ich doch auf Chris hören sollen, der immer wieder mal gefragt hat, ob ich nicht doch weiter zur Schule gehen will. Zu einem Aufbaugymnasium, bis zum Fachabitur in einem Bereich, der mir liegt.

»Lass sie«, sagt meine Mutter und legt Papa Kartoffeln auf seinen Teller, der letzte Bissen ist gerade erst in seinem Mund verschwunden. »Die Zeit vor den Prüfungen war hart genug für Anna, sie muss doch erst mal abschalten. Quäl sie nicht gleich wieder.«

»Ich quäl sie nicht, ich sehe das nur realistisch.« Mein Vater greift nach der Soßenkelle, bei ihm müssen die Kartoffeln immer

schwimmen. »Heutzutage muss kein Schulabgänger mehr glauben, die Ausbildungsbetriebe warten alle nur auf ihn. Dein Chris weiß bestimmt schon, was er machen will, oder?«
Ich nicke und lege meine Gabel weg. So kann ich nicht essen. Nicht mit einem Klumpen Unglück im Hals. Am liebsten würde ich aufstehen und wegrennen, aber das nützte mir auch nicht viel. Papa würde sowieso bei nächster Gelegenheit wieder mit diesem Thema anfangen. Isa streift mich mit ihrem Blick, kaum sichtbar verdreht sie die Augen. Diese Art kann sie an unserem Vater auch nicht ausstehen.
»Chris hat sie bitter enttäuscht«, nimmt mir Mama die Erklärung ab. »Er setzt sich einfach für ein Jahr allein nach Neuseeland ab. Wie Anna das findet, danach fragt er nicht.«
Papa zieht unter dem Tisch sein Handy aus der Hosentasche und wirft einen kurzen Blick darauf, hebt die Augenbrauen. Dann wendet er sich wieder uns zu.
»Nach Neuseeland«, wiederholt er, irgendwie sieht er ein bisschen verwirrt aus, so als wäre er mit seinen Gedanken gar nicht richtig bei uns. »Für ein Jahr, sagst du? Richtig so, der Junge gefällt mir immer besser. Jetzt oder nie, der lebt sein Leben. Außerdem ist so ein Auslandsaufenthalt ein Riesenpluspunkt auf jedem Bewerbungsschreiben.«
»Aber bei Anna sammelt er Minuspunkte«, gibt Mama zu bedenken.
»Ja, meine Güte, jeder ist doch für sich selbst verantwortlich!«, ruft Papa. »Anna darf eben nicht versumpfen und die ganze Zeit nur auf ihn warten! Ihr seid doch noch so jung, beide. Mach was aus dir, Mädel, dann bleibst du auch für ihn viel interessanter, als wenn du bloß wie ein Trauerkloß herumhockst, bis er wieder da ist! Mann, Mann, Mann.« Er wischt sich mit der Serviette Schweißtropfen von der Oberlippe. »Neuseeland. Davon habe ich auch immer geträumt. Woher hat Chris eigentlich die Kohle dafür?«
»Er hat gejobbt«, antworte ich. Niemand scheint zu bemerken,

dass es das erste Mal ist, dass ich hier am Tisch selber etwas dazu sage. »Nicht ständig, aber immer wieder mal. Im Eiscafé und so. Das meiste von seinem Lohn hat er gespart, aber seine Eltern geben auch noch was dazu, und dann wird er auch in Neuseeland jobben. Wahrscheinlich Kiwis oder Äpfel pflücken.«

Mein Vater sagt wieder, dass er das klasse findet, und ehe wir vom Tisch aufstehen, sieht er mich noch einmal mit so einem Blick an, der mir sagt, dass er etwas von mir erwartet. Initiative. Ich bin froh, als ich endlich wieder in meinem Zimmer bin, unserem Zimmer.

Isa setzt sich zu mir aufs Bett.

»Ich find das auch scheiße von Chris, dass er nach Neuseeland geht«, sagt sie. »Aber trotzdem kann Papa dich mal in Ruhe lassen. Du hast dir die Ferien verdient. Kommst du morgen mit zum Baden? Es soll heiß werden, die ganze Woche lang.«

»Mal sehen.« Ich lasse mich nach hinten sinken. »Vielleicht suche ich doch lieber nach 'nem Ausbildungsplatz. Chris redet auch dauernd davon.«

»Was geht den das bitte an? Es ist *dein* Leben. Er zieht doch auch sein Ding durch, ohne Rücksicht auf Verluste. Wann macht er denn bitte 'ne Ausbildung?«

Ich antworte nicht, und bald darauf fängt Isa wieder von dem Jungen am See an, sie weiß jetzt, dass er Pascal heißt. Meine Schwester redet und redet. Am Anfang habe ich überhaupt keine Lust, mir das alles anzuhören, aber dann fesselt es mich doch. Mit vierzehn kann die Liebe noch so schön harmlos sein, sie haben sich noch nicht mal geküsst. Das will Isa so bald wie möglich ändern.

»Aber ich weiß ja noch nicht mal, ob er mich auch gut findet!«, jammert sie, als sie fertig ist und ich den schönen Pascal vor mir sehe, als hätte sie ihn heimlich fotografiert.

»Hört sich aber so an«, erwidere ich. Und das meine ich wirklich so. Isa greift nach meiner Hand und sieht mich flehend mit ihren großen braunen Augen an.

»Kannst du wirklich nicht mitkommen?«, bettelt sie. »Du musst unbedingt versuchen, herauszufinden, ob Pascal mich auch mag! Du hast doch schon viel mehr Erfahrung in der Liebe, du merkst bestimmt, ob er mich gut findet!«
»Also gut.« Ich lege meinen Arm um ihre Schultern. Viel erfahrener als Isa bin ich zwar nicht, weil es vor Chris noch niemanden gegeben hat, der mir irgendetwas bedeutet hätte, und ich glaube kaum, dass sich das jemals ändern wird. Aber das spielt jetzt keine Rolle. Wenn Isa mich als große Schwester braucht, will ich für sie da sein. »Bei dem Wetter muss ich vielleicht wirklich mal raus«, sage ich. »Gehen wir also morgen. Und sag mal – was meinst du, welcher Beruf zu mir passen würde?«

Wenig später sitzen wir nebeneinander am Computer. Wieder einmal fluche ich insgeheim darüber, dass wir nur diesen einen PC im Flur haben und jeder immer genau mitbekommt, was ich mache. Nicht, dass ich große Geheimnisse hätte, aber trotzdem. Mein Vater geht nun schon zum dritten Mal vorbei, und immer sieht er dabei auf den Bildschirm. Ich spüre seine Blicke im Rücken wie einen kalten Luftzug.
»Der ist heute komisch«, flüstert Isa, nachdem Papa die Badezimmertür hinter sich abgeriegelt hat. »Hat wohl 'ne schwache Blase oder so. Dauernd rennt er aufs Klo und zwischendurch checkt er sein Handy.«
»Der steht immer unter Strom, das kennen wir doch schon. Guck mal hier, Krankenschwester? Nee.« Ich bin auf einer Seite vom Jobcenter unserer Stadt gelandet, wo dieser Beruf vorgestellt wird. Krankenschwestern bewundere ich zwar, aber ob ich das packen würde ... Erst mal klicke ich weiter. »Bürokauffrau, Erzieherin, Restaurantfachangestellte, Tierarzthelferin ...!«
»Das wär doch cool!«, ruft Isa und nimmt mir die Maus aus der Hand. »Lass mal sehen, wär das nicht was für dich, Anna?«
Aber meine Antwort wartet sie gar nicht erst ab, sondern ist jetzt

eingetaucht, bewegt die Maus, klickt etwas an, starrt auf den Bildschirm. Ab und zu redet sie einen halben Satz, der aber nicht mehr mir gilt, sondern sie immer weiter fortträgt, ich weiß genau, dass sie gleich ihre Freundinnen anrufen wird, um sich mit ihnen über Tierarzthelferinnen und alles Mögliche zu beraten. Manchmal überlegt ja auch sie schon, was sie nach der Schule machen will. Auf dem Computertisch leuchtet ihr Handy auf und vibriert. Isa wirft einen Blick darauf und springt vom Stuhl auf.
»Von Eleni«, japst sie. »Ich geh dann mal ins Zimmer. Lässt du mich nachher wieder an den PC?«
Lustlos klicke ich mich alleine weiter durch, und allmählich wird es um mich herum ruhiger. Papa ist noch mal weggefahren, Mama hat die Wohnzimmertür hinter sich zugemacht und liest bestimmt einen historischen Roman. Bei Google finde ich hunderte von Websites über Neuseeland; unwirkliche, moosbedeckte Landschaften strahlen in sattem Dunkelgrün, bizarre Pflanzen recken sich zum Himmel, hier könnten Fantasyfilme gedreht werden. Wenn ich einen Beruf hätte, der mich ins Ausland verschlägt, könnte ich Chris nahe sein. Aber als was sollte ich in Neuseeland schon arbeiten? Und würde er das überhaupt wollen?
Über dem nächsten Bild, auf dem eine exotische Vogelart in Großaufnahme zu sehen ist, öffnet sich ein Werbebanner. Eine Fluggesellschaft wirbt für günstige Reisen in alle Welt zu »fairen Konditionen«, ein Flugzeug zieht den Firmennamen als Kondensstreifen hinter sich her.
Fliegen, das wäre es vielleicht. Ich könnte Stewardess werden, am besten bei einer Firma, die auch Neuseeland anfliegt. So könnte ich Chris nahe sein, wenigstens ab und zu und ohne dass er mir vorwerfen könnte, ich würde klammern. Oder ich werde wenigstens Reiseverkehrskauffrau. Dann würde ich zwar im Reisebüro hocken, aber auch das wäre ein Job, der irgendwas mit ihm und seinem Fernweh zu tun hat. Auch wenn Chris nicht bei mir ist, sondern sich irgendwo am anderen Ende der Welt aufhält, könnte

ich mich ihm nahe fühlen bei einer Arbeit, die ebenfalls mit fernen Ländern zu tun hat.
Lange halte ich mich noch auf einigen Neuseelandseiten auf, dann suche ich nach Fluggesellschaften und Reisebüros. Beim Surfen im Internet finde ich auch ein Forum für junge Leute, die Flugbegleiter werden wollen und lese mich richtig fest. Manche klagen über immer schwieriger werdende Arbeitsbedingungen und miserable Bezahlung. Eine meint sogar, man hätte überhaupt keine richtigen Aufenthalte in den fernen Ländern mehr, sondern stünde immer unter Zeitdruck, außer im Hotel schlafen und dann wieder zurück zum Flughafen hetzen sei da nicht viel. Andere schreiben, sie würden den Beruf gerne machen und auch angemessen verdienen. Was stimmt denn nun?
Nach einer guten Stunde kommt Isa zurück und will an den PC. Ich überlasse ihn ihr kampflos, gehe zurück ins Zimmer, lege mich so aufs Bett, dass ich durch das Fenster den Himmel beobachten kann und stelle mir vor, dort oben über den Wolken in einem dieser gigantischen Silbervögel zu stehen. Lächelnd würde ich den Gästen Getränke servieren. Diejenigen, die Flugangst haben, würde ich aufmuntern und beruhigen, und sicher könnte ich zwischendurch auch mal auf meinem Platz sitzen und in die Wolken schauen. Vielleicht hätte ich Kolleginnen, mit denen ich mich gut verstehe. Und zwischendurch Chris zu sehen, auch wenn es nur ganz selten mal ginge – das wäre mein Traum. So könnte ich mir meine Zukunft vorstellen. Das müsste sogar Papa gefallen, denn damit würde ich ja richtig was aus mir machen und ein interessantes Leben führen. Und Chris – der fände es bestimmt auch spitze. Wenn wir uns das nächste Mal treffen, muss ich ihm unbedingt gleich davon erzählen.
Isa hockt lange am Computer. Vielleicht macht sie Hausaufgaben, vielleicht liest sie ihr Horoskop, um herauszufinden, ob dieser Pascal auch wirklich zu ihr passt. Nachdem ich immerhin drei Flugzeuge habe vorüberziehen sehen, stehe ich wieder auf und

setze mich an den Schreibtisch. In der Schule haben wir gelernt, wie man Bewerbungen schreibt, das müsste ich ohne große Schwierigkeiten hinbekommen. Eigentlich wären meine Bewerbungen jetzt wichtiger als das, was Isa gerade macht. Horoskope lesen kann sie schließlich auch später noch. Aber ich fühle mich zu träge, um sie vom Platz zu jagen, und will auch keinen Streit. Deshalb setze ich mich an meinen Schreibtisch, hole den Ringbuchblock aus meiner Schultasche und entwerfe erst mal meinen Lebenslauf. Das geht auch mit der Hand, und später kann ich am PC alles ins Reine schreiben.

Gerade bin ich beim Übergang von der Grundschule auf die Gesamtschule angelangt, da klingelt das Telefon. Meine Mutter erscheint und reicht es mir.

»Vivien ist dran«, sagt sie, und während ich mich melde, schaut sie über meine Schulter auf das vor mir liegende Blatt. Als sie sieht, was ich geschrieben habe, lächelt sie und nickt mir anerkennend zu. Ich will, dass sie geht.

»Vivien! Stell dir vor, ich weiß jetzt, was ich machen will!«, jubele ich in den Hörer, nachdem meine Mutter endlich draußen ist. Die Zimmertür musste ich auch noch selber schließen. »Ich werde Flugbegleiterin! Das ist mein absoluter Traumberuf! Ich kann es kaum erwarten, Chris' Gesicht zu sehen, wenn ich ihm das sage!«

»Flugbegleiterin«, wiederholt Vivien am anderen Ende der Leitung. »Sorry, Süße, aber soweit ich weiß, muss man mindestens achtzehn sein, wenn man die Schulung beginnt. Du bist gerade mal sechzehn. Ich weiß das von meiner Cousine, die hat das eine Zeitlang mal gemacht, bevor sie Reiseverkehrskauffrau wurde. Nach dem Abi.«

»Ach so«, sage ich leise. »Mist.« In meinem Drehstuhl sinke ich richtig zusammen. Ab achtzehn ... das sind noch fast zwei Jahre! Bis dahin ist Chris längst wieder hier und hat vielleicht schon wieder völlig neue Pläne, während ich die ganze Zeit hier gehockt habe.

»Jetzt lass doch den Kopf nicht hängen«, sagt Vivien. Als hätten wir ein Bildtelefon. »Wenn das wirklich dein Traumjob ist, hey, das ist doch super! In der Zeit vor der Ausbildung kannst du schon darauf hinarbeiten, das wird immer gerne gesehen, und du hast danach bessere Chancen, auch eine Anstellung zu finden. In Englisch bist du zum Beispiel fast Klassenbeste gewesen, das kannst du weiter ausbauen, bis du die Sprache fließend sprichst. Und Spanisch zum Beispiel. Spanisch ist so angesagt, das ist auch schon fast eine Weltsprache. Was hältst du davon, wenn wir zusammen einen Volkshochschulkurs anfangen? Spanisch wird bestimmt angeboten, und das neue Semester fängt im September an! Wir können …«

»Langsam«, unterbreche ich sie. »Du überrollst mich hier, ich muss den Schock wegen des Mindestalters erst mal verdauen!«

»Entschuldige.« Vivien zieht scharf die Luft ein. »Ich wollte dir nur helfen. Wenn du nach einem Ausbildungsplatz suchst, musst du dir sowieso verschiedene Sachen überlegen. Also fixier dich lieber nicht zu sehr auf die Fliegerei.«

»Du hast gut reden. Wenn man schon alles geregelt hat, ist das ja leicht.«

»Ich hatte viel Glück. Den Ausbildungsplatz als Einzelhandelskauffrau habe ich über einen Freund meines Onkels bekommen. Zumindest haben sie die Bewerbung aufmerksamer gelesen und beim Einstellungsgespräch vielleicht hier und da ein Auge zugedrückt. Aber für dich finden wir auch noch was Gutes, ganz sicher!«

»Mal sehen«, entgegne ich und muss plötzlich gähnen. »Mir ist gerade die Lust vergangen, verpufft wie eine Fehlzündung. Außerdem ist ja erst mal Urlaub angesagt.« Ich erzähle ihr von Isa und ihrem Schwarm. »Komm doch morgen mit zum See«, schlage ich vor. »Dann muss ich nicht alleine den Babysitter für Isa spielen.« Vivien überlegt kurz, sagt dann aber doch zu, allerdings nicht, ohne mir das Versprechen abzunehmen, dass ich dafür demnächst auch mit ins Freibad komme, damit sie endlich ihren Plan umsetzen kann, vom Zehner zu springen.

Dennoch hängt jetzt ein Nebelschleier zwischen uns, der die Sonne nicht mehr richtig durchlässt, wir gehen zum Smalltalk über und es entstehen immer längere Gesprächspausen. Dabei tut es mir eigentlich leid. So gerne würde ich mich von ihr anstecken lassen, von ihrem Tatendrang, ihrem Optimismus, ihrer Superlaune. Bei Vivien wirkt immer alles so sicher, so einfach. Aber auch so durchgeplant. Sie macht ihre Kaufmannslehre, währenddessen lernt sie bestimmt den Mann fürs Leben kennen und heiratet mit zweiundzwanzig. Ein Jahr später wird Nachwuchs unterwegs sein, ihr Gatte kauft ein Reihenhaus, das sie penibel in Ordnung halten wird, um darin Krabbelgruppen und Tupperpartys zu veranstalten. Dessousfeten natürlich auch, denn schließlich bleibt sie ja trotz Kind eine attraktive Frau mit Sinn für Erotik. Nach weiteren zwei Jahren arbeitet sie wieder halbtags, und die Omas wetteifern darum, wer das Kleine hüten darf.

Isa kommt rein, wir legen auf. Mein Handy piept, eine SMS von Chris.

»Kannst du noch vorbeikommen? Ich muss dir was sagen«, steht darin. Kein Gruß, kein Kuss.

Klar kann ich. Wenigstens das geht schon mit sechzehn. Aber als ich auf die Straße trete, habe ich einen Stein im Magen.

... fünf ...

Chris haucht mir einen Kuss auf die Wange, als ich in seiner Tür stehe. Schweigend betreten wir sein Zimmer. Seine Fingerspitzen fühlen sich klamm und frostig an, trotz der Hitze. Wenn er so ist, kann das nichts Gutes bedeuten. Er sieht mich kaum an, sein Gesicht spiegelt eine Mischung aus Trotz und schlechtem Gewissen wider. Stumm weist er mit der Hand auf sein gemachtes Bett, wir setzen uns darauf. Ein Hauch seines typischen Dufts nach sportlichem Duschgel streift mich, ich möchte mich in seine Arme fallen lassen. Aber ich spüre genau, dass das jetzt nicht richtig wäre.
Chris räuspert sich, beugt sich vor, gießt zwei Gläser Biolimonade ein und reicht mir meines. Wir beide vermeiden, dass sich dabei unsere Fingerspitzen berühren.
»Ich muss dir was sagen, Anna«, beginnt er vorsichtig. »Aber vorher sollst du wissen, dass das nicht gegen dich gerichtet ist und auf keinen Fall bedeutet, dass ich dich nicht mehr lieb habe oder du mir nicht wichtig bist. Das musst du mir glauben.« Er rückt näher an mich heran und nimmt jetzt doch meine Hand. »Weißt du, ich habe heute Nachmittag Kassensturz gemacht. Mein Konto gecheckt, gerechnet und geprüft, zusammengezählt, wie viel Kohle bis zu meiner Abreise noch reinkommt. Und so schwer es mir auch fällt – ich krieg das mit unserem Trip nach Malle nicht hin. Egal wie ich es drehe und wende. Mein Geld reicht einfach nicht. Alles, was ich habe, brauche ich für die erste Zeit in Neuseeland. Und das ist noch nicht mal viel. Mein Flugticket habe ich gerade gekauft, das waren schon über tausendsechshundert Euro. Das Visum kostet Geld, dann noch hier 'ne Gebühr und da, du weißt ja, wie so was läuft, für jede noch so kleine Dienstleistung wollen sie immer gleich Geld sehen. Dann brauche ich vor Ort noch was für die ersten Tage oder Wochen, bis ich mich einiger-

maßen akklimatisiert habe und mir einen Job suchen kann. Und selbst wenn ich den habe, kriege ich ja nicht sofort Geld. Vielleicht erst nach einem Monat. Einen Schlafsack muss ich mir auch noch kaufen, und da kann ich nicht so ein Billigding aus dem Kaufhaus …«

Chris redet und redet. Am Anfang höre ich noch zu, doch nachdem es bei mir eingesickert ist, dass aus unserer gemeinsamen Reise nichts wird, rauschen seine billigen Sätze an mir vorbei wie das gleichförmige Geräusch des Autoverkehrs jeden Tag, wenn man über einer Schnellstraße wohnt. Ich habe nicht mal mehr die Kraft, wütend zu sein, in mir ist alles leer. Ich spüre, wie ich eine unsichtbare Hülle um mich herum errichte, damit er mich nicht mehr erreichen kann.

Natürlich bedeutet es, dass ich ihm nicht wichtig genug bin. Dass er unseretwegen nicht verzichten möchte. Dass er innerlich vielleicht schon jetzt fort von mir ist, ganz weit. Es lohnt sich für ihn nicht mehr, in uns zu investieren, weder Geld noch Zeit noch Gefühle, denn es ist sowieso bald vorbei, in ein paar Wochen fliegt er, und wer weiß, wie es danach um uns steht. Eigentlich könnte ich jetzt aufstehen und gehen. Er würde es vielleicht nicht einmal bemerken. Trotzdem bleibe ich sitzen.

Aber jetzt wendet er mir sein Gesicht zu. Seine Finger heben sachte mein Kinn an und drehen meinen Kopf so zu ihm herum, dass ich ihn ansehen muss.

»Es tut mir so leid«, raunt er, seine Stimme klingt belegt, er räuspert sich jedoch nicht. Vielleicht hat er genauso einen Klumpen im Hals wie ich, aber eigentlich kann das nicht sein. »Ich wollte dir nicht wehtun. Dass dich das alles so trifft, hätte ich nicht gedacht.«

Meine Lippen zittern, ich kann nicht antworten, sonst fange ich an zu heulen. Es wäre doch besser gewesen, zu gehen.

Chris zieht meinen Kopf an seine Schulter. »Wir können doch auch hier noch ganz viel Zeit zusammen verbringen, bevor ich fliege«, sagt er. »Unsere Stadt hat so viele Orte, die ich gerne mit dir entdecken würde. Gerade jetzt im Sommer können wir doch vieles unternehmen, was Spaß macht.«

»Das ist nicht dasselbe. Ich wollte wenigstens einmal mit dir ganz woanders sein. Irgendwo, wo uns niemand kennt, keine Freunde, keine Familien … nur du und ich. Ich hatte mich so drauf gefreut, mal zwei Wochen mit dir ungestört zu sein.«

Chris seufzt. »Das will ich doch auch«, sagt er, »aber dann komme ich wirklich mit meiner Kohle nicht hin. Aber ich weiß was!« Er springt auf, lässt sich jedoch sofort wieder neben mich fallen und strahlt. »Wir können doch zelten, was hältst du davon? Am besten an einem See hier in der Nähe, das ist so romantisch! Nur wir beide irgendwo in der Natur. Das Wetter ist jetzt so geil, da brauchen wir Mallorca doch gar nicht!«

»Zelten?« Ich atme aus, weiß nicht, ob ich ihm sagen soll, dass das eigentlich nicht so mein Ding ist. In meinem ganzen bisherigen Leben war ich erst zweimal zum Zelten. Einmal hat es die ganze Nacht geregnet, sodass ich morgens in einer Pfütze aufgewacht bin. Beim zweiten Mal hatte die Luftmatratze ein Loch, und ich habe vor lauter Rückenschmerzen kein Auge zugetan. Doch als ich ihm das erzähle, küsst er mich mit seinen frohen, warmen Lippen auf den Mund und lacht.

»Das wird dieses Mal nicht passieren«, verspricht er mir. »Dafür sorge ich schon. Das mit meiner Reise nach Neuseeland ist schon beschissen genug für dich, da bin ich dir was schuldig. Was hältst du davon, wenn wir nächsten Mittwoch starten?«

Er macht es sich so einfach, denke ich. Statt mit mir nach Malle zu fliegen, speist er mich mit ein paar Tagen Zelten ab. Und ich soll mitspielen, obwohl er genau weiß, dass ich Zelten hasse. Es liebt nun mal nicht jeder grünliches kaltes Wasser am frühen Morgen und Ameisen überall. Auch nicht Kaffee aus Plastikbechern, der im Gaskocher heiß gemacht wurde, und Erbsensuppe aus der Dose. Ich wollte mit meinem Freund an einem weißen

Strand liegen, im Pool baden und abends in einem weiß bezogenen Bett kuscheln, nachdem wir bei Sonnenuntergang irgendwo draußen gegessen haben, mit Blick auf ein orangerot glühendes Meer. *Das* wäre für mich Romantik gewesen.

»Was ist?« Chris greift nach meiner Hand und blickt mir abwartend in die Augen, er sieht mich an, als wäre die Vorstellung, zusammen zum Campen zu fahren, so was wie die Einladung ins Paradies. Aber auch, als ob es ihm doch nicht ganz egal ist, wie es mir geht und wie das alles auf mich wirkt, was er macht.

»Mittwochs habe ich Chor«, erwidere ich trotzig. »Auch in den Ferien. Von mir aus können wir am Donnerstag los. Bist du ganz sicher, dass das schöne Wetter noch halten soll?«

»Wenn du mitkommst, scheint für mich immer die Sonne.« Chris fährt mit der Hand unter mein Top. Ich antworte, dass er ein alter Schleimer ist, auf den ich mich besser nie eingelassen hätte. Wir lachen beide, er weiß nicht, dass ich es auch ein bisschen ernst meine. Aber es tut so gut, ihn zu berühren, zu riechen, seine Lippen zu spüren. Das Kribbeln zwischen uns ist noch nicht verschwunden, das muss er doch auch merken.

Na gut, denke ich, während seine Hand die weiche Haut an meiner Taille streichelt, gehen wir also zelten. Ich werde schon dafür sorgen, dass du diese Tage nicht so schnell aus deinem Kopf bekommst, wenn du erst einsam und alleine in Neuseeland vor Heimweh vergehst. Oder vielleicht willst du auch gar nicht mehr weg.

Ich hätte mir denken können, dass alle mir einen Vogel zeigen, als ich erzähle, was Chris und ich vorhaben. Meine Mutter und Vivien jedenfalls. Nur mein Vater nickt anerkennend, kramt gleich im Schlafzimmerschrank nach seinem Schlafsack und einem geeigneten Rucksack und holt für mich die Luftmatratze aus dem Keller. Dazu rattert er lauter Campingplätze herunter, die er kennt und die mit den öffentlichen Verkehrsmitteln gut zu erreichen sind. Die ganze Zeit geht er dabei in meinem Zimmer auf und ab, schiebt die Gardine zur Seite, um aus dem Fenster zu schauen, ohne dass jedoch klar wird, wonach er eigentlich sucht. Seine Haare kleben in Strähnen am Hinterkopf, er trägt seine Sporthose, ich glaube, es wäre das Beste, wenn er gleich noch eine Runde joggen geht.

»Du hörst gar nicht zu, wie?«, fragt er mich plötzlich und schüttelt den Kopf, die Stirn in Falten gelegt und den Mund zu einem Strich zusammengepresst. »Na, ich glaube, das erzähle ich sowieso alles lieber deinem Freund, der hat das dann im Griff. Mensch, Mädel, wach doch mal auf. Du träumst in den Tag hinein, als ob es kein Morgen gäbe. Das Leben ist kurz, da zählt jeder Tag, mach was draus!«

»Ich habe zugehört!«, protestiere ich, aber wir wissen beide, dass es nicht stimmt. Chris will mich mitschleppen, nicht umgekehrt. Da muss ich jetzt weder Karten wälzen noch Busverbindungen raussuchen. Das ist nicht das, was ich mir unter »was aus meinem Leben machen« vorstelle. Das wäre der Urlaub mit Chris auf Mallorca gewesen.

Isas Tagebuch, Mittwoch, den 23. Juli

Hallo Tagebuch,
seit Wochen schon frage ich mich, was mit Papa los ist. Er ist kaum noch zu Hause, und wenn, rast er die ganze Zeit von einem Zimmer ins andere, hat schlechte Laune und telefoniert ständig. Aber immer nur ganz kurz. Danach ist er noch unruhiger. Irgendwann bekommt er noch einen Herzinfarkt, wenn es so weitergeht. Mama meint, er ist überlastet. Dabei macht doch sie die Reisevorbereitungen für die Ostsee, wo wir demnächst für zwei Wochen hinfahren. Sie hat schon eine Ferienwohnung in der Nähe von Binz gebucht und wäscht Berge von Wäsche, die angeblich unbedingt mit muss.
Das Beste an dem Ostseetrip ist, dass Anna mitkommt. Damit habe ich erst gar nicht gerechnet, weil sie doch mit ihrem Chris in den

Süden fliegen wollte. Aber der hat abgesagt. Ich will alles tun, um Anna unterwegs auf andere Gedanken zu bringen.

Hoffentlich ist Pascal nicht so ein Arschloch wie Chris. Aber eigentlich glaube ich das nicht. Gestern am See haben wir zuerst wieder nur Blicke ausgetauscht, bis Anna und Vivien irgendwann meinten, ich soll jetzt endlich mal den ersten Schritt machen und ihn irgendwas fragen, und zwar ohne Eleni, sonst wird da nie was draus. Bisher war sie ja immer dabei, aber Anna und Vivien meinten, kein Junge auf der Welt würde je ein Mädchen ansprechen, das immer eine Freundin im Schlepptau hat. Eigentlich hätte ich mir das denken können, denn umgekehrt ist es ja auch nicht anders.

Ich bin also hin. Eleni ist inzwischen ins Wasser gegangen. Pascal war vorher schon geschwommen, seine Kumpels waren noch drin. Später hat Anna gesagt, das hätte er bestimmt extra gemacht, dass er schon vor den anderen zurück auf sein Badehandtuch gekommen sei. Weil er mir damit signalisieren wollte, dass er auch auf eine Gelegenheit warte, mal mit mir alleine zu reden.

Und auf einmal ging es ganz leicht. Ich bin so auf ihn zu und habe noch überlegt, was ich sagen soll. Ein totales Blackout hatte ich, mir ist nichts, aber auch gar nichts eingefallen! Aber Pascal grinste ganz süß und auch ein bisschen frech und tat so, als sei das gar nichts Besonderes, dass wir uns jetzt begegnen. Er erzählte was von einem Eiswagen vorne an der Straße, der ganz komische Sorten verkauft, eben nichts Süßes, sondern Karotteneis, Gurkeneis, Chilieis und so. Da bin ich wirklich neugierig geworden und wir sind zusammen hingegangen. Ich habe einen Becher mit Chili und Erdnuss genommen, Pascal ebenfalls Chili und dazu Basilikum und Tomate. Das Eis war ziemlich gewöhnungsbedürftig, aber bei der Hitze eigentlich erfrischender als der ganze Süßkram. Fast so, als wenn man Ayran beim Türken trinkt. Pascal hat gesagt, der Salzgehalt gleicht den Wasserverlust aus, der durch das Schwitzen entsteht.

Dann sind wir lange am Ufer spazieren gegangen und haben geredet, und ich hatte wirklich so ein Gefühl, als ob wir uns schon ewig kennen. Vielleicht ist das ein sicheres Zeichen, wie gut wir zusammenpassen? Pascal und Isa, das neue Traumpaar! Wir haben einfach über alles gequatscht; die Schule, unsere Familien, und was jeder von uns sonst noch so macht. Er hat sogar die gleichen Lieblingsfilme wie ich, »Stadt der Engel« und »Leroy«. Und einen ähnlichen Musikgeschmack haben wir auch.

Kurz bevor wir wieder zurück zu den anderen gegangen sind, haben wir noch ein paar Minuten auf einem umgekippten Baumstamm gesessen und einfach nur aufs Wasser geschaut. Es war ganz still. Das Kreischen der Badegäste vom Strand hörte man nur aus weiter Ferne. Dicht vor uns zog ein Schwanenpärchen vorüber, es war schon beinahe kitschig. Ich habe genau gemerkt, dass Pascal mich in dem Moment gerne küssen wollte, aber dann sind andere Spaziergänger vorbeigekommen. Wir haben uns wohl beide nicht getraut. Aber irgendwie war es trotzdem klar.

Pascal ist so süß, Tagebuch, kannst du dir das vorstellen? Ich hoffe so sehr, dass wir zusammenkommen. Bitte, drück mir die Daumen!
Deine Isa

Immerhin habe ich einen Tag später schon meinen Rucksack gepackt. Während ich genügend warme Sachen, Badezeug und Sommerklamotten für drei Tage zurechtgelegt habe, hörte ich wieder und wieder unsere Lieblingssongs, und allmählich keimte fast so etwas wie eine leise Vorfreude in mir auf. Der Juli hat eine Hitzewelle über ganz Europa geschickt, und laut Wetterbericht soll das noch mindestens eine Woche lang so weitergehen. Drei Tage sind besser als nichts, immerhin haben wir so noch einmal richtig Zeit füreinander. Jetzt, wo ich außer meinem Kosmetikzeug alles gepackt habe, ertappe ich mich sogar dabei, dass ich die Sekunden zähle, bis es losgeht.

Und Chris hat mir nicht zu viel versprochen. Mehr als eine Stunde gondeln wir, schwer bepackt, mit dem Bus und der Straßenbahn aus der Stadt heraus, und als er endlich von seinem Sitzplatz

aufsteht und mich an der Hand hochzieht, kommt es mir vor, als läge tatsächlich eine weite Reise hinter uns. Hier war ich noch nie. Wir stehen mitten in einem Dorf, in dem die Zeit stehen geblieben scheint. Halb verfallene Häuser mit bemoosten Dächern und bröckeligem Putz schmiegen sich eng aneinander, in ihrer Mitte steht eine Kirche wie aus einer Modelleisenbahnlandschaft, gleich daneben trotzt ein altes Schulhaus, das bestimmt höchstens drei Klassenräume hat, den zentralen Lehrkomplexen der Kreisstadt. Vielleicht gibt es darin auch gar keine Schüler mehr.
Wir stellen unsere Rucksäcke auf eine Bank an der Haltestelle. Chris breitet eine Wanderkarte aus und vertieft sich darin.
»Es ist nicht weit«, verspricht er. »Vielleicht einen Kilometer durch den Wald, dann sind wir da.« Ich nehme eine große Wasserflasche aus meinem Rucksack und reiche sie ihm, danach trinke ich selber. Für mich ist das immer noch fast wie Küssen.
Im Wald ist es so schattig, dass ich nach der stickigen Luft im Bus auf einmal beinahe friere. Und still ist es. Nur unter unseren Füßen knackt es jedes Mal leise, wenn einer von uns auf einen ausgedorrten Zweig am Boden tritt. Chris nimmt meine Hand, und je länger wir gehen, desto mehr spüre ich, wie alles von mir abfällt, was mich die letzten Wochen belastet hat. Ich nehme mir fest vor, dass nichts davon die vor uns liegenden Tage belasten soll. Jetzt zählen nur wir beide.
In der Ferne ist eine Lichtung zu sehen, wenig später tut sich ein See vor uns auf. Das Wasser glitzert, hinter einer kleinen Bucht ragen vereinzelte Wohnwagen hinter hohem Schilf hervor. Hier muss es sein.
»Schön, nicht?«, fragt Chris, zieht mich von der Seite an sich und drückt einen Kuss auf mein Haar. Wir stehen mitten in einer Wiese aus hohem Gras. Ich muss spontan an einen Werbespot für Wellnesslimonade denken, den ich irgendwann mal gesehen habe. Darin findet sich ein junges Paar, beide optisch so richtige Naturfreaks, vor einer ganz ähnlichen Kulisse wieder. Verliebt sehen sich

die beiden in die Augen, während sie sich mit prickelnder Limonade erfrischen. Dann entdeckt die Frau einen romantischen Platz zum Zelten, und beide hüpfen jubelnd durch das hohe Gras. Der Mann scheint sich zu freuen, so eine unkomplizierte Frau an seiner Seite zu haben, die schön ist, aber trotzdem nicht zu eitel, sondern naturverbunden und abenteuerlustig. Ich habe schon damals gedacht: So eine Freundin wünscht sich Chris bestimmt auch.
Und jetzt werde ich ihm beweisen, dass ich auch so sein kann. Vielleicht will er dann gar nicht mehr weg. Oder er wartet, bis ich auch genug Geld zusammengespart habe, um mitfliegen zu können. Neuseeland ist zu zweit bestimmt sowieso viel schöner als allein.
Wir schlagen unser Zelt einige Meter abseits von den Wohnwagen auf. Chris scheint so was schon hundertmal gemacht zu haben, bei ihm sitzt jeder Handgriff. Aber ich passe genau auf, wie der Aufbau funktioniert und packe auch mit an. Wenig später haben wir alles verstaut und die Luftmatratze ist aufgeblasen. Leise miteinander flüsternd und kichernd kriechen wir ins Zelt und ziehen von innen den Reißverschluss zu.
»Ich kann es kaum bis heute Nacht abwarten«, sagt Chris zwischen zwei Küssen ganz dicht an meinem Ohr.
»Müssen wir doch nicht«, erwidere ich und kitzle ihn mit einem Grashalm, der an meinem T-Shirt gehangen hat, im Nacken. »Wir können alles machen, was wir wollen. Jetzt gibt es doch endlich mal keine Uhr für uns, und keinen Tagesablauf.«
Doch er schüttelt den Kopf, eine seiner Locken berührt meine Augenbrauen.
»Wenn du mich jetzt schon verführst, kommen wir heute nicht mehr hier raus«, sagt er. »Dann will ich bestimmt immer mehr von dir. Komm, der Tag ist noch lang. Hast du Lust zu schwimmen?«
Ich schlucke meinen Anflug von Enttäuschung hinunter. Wie gern

hätte ich mich einfach mit ihm treiben lassen, ganz den Gefühlen hingegeben, hier in unserer selbst gebauten kleinen Höhle jede Sekunde ausgekostet und genossen. Ich dachte, das wäre auch ihm am wichtigsten. Wenn wir jetzt zum Strand und ins Wasser gehen, kann es leicht passieren, dass Chris irgendwelche anderen Jugendlichen trifft und gleich eine große Clique bildet. Auch wenn er die anderen gar nicht kennt. Aber ich will ihn ganz für mich allein. Wenigstens diese paar Tage.

»Gut, gehen wir ins Wasser«, sage ich dennoch und wühle gleich im Rucksack nach meinem Bikini. Ich will keine Spielverderberin sein. Und er hat ja recht, es ist wirklich heiß heute. Vorhin im Bus habe ich mich auch danach gesehnt, mich ins kalte Wasser zu stürzen. Endlich habe ich meinen Bikini gefunden, streife mein Top ab und lege mir das Oberteil um. Chris umarmt mich von hinten.

»Danke«, sagt er. »Du bist echt 'ne Traumfrau, Anna.«

... sechs ...

Das Baden im See hat gutgetan. Erst jetzt habe ich mit dem erfrischenden Wasser hier draußen alles von mir abgespült und bin richtig in meinen Ferien angekommen. Wir sind weit rausgeschwommen, gute Schwimmer sind wir immerhin beide, wenn Chris auch beim Kraulen über eine bessere Technik verfügt als ich. Und natürlich über stärkere Arme, die unermüdlich durch das Wasser pflügten, seine Muskeln spielten unter glitzernden Wassertropfen auf der Haut, in denen sich das Licht der Nachmittagssonne brach. Sogar dabei habe ich wieder gemerkt, wie verknallt ich noch immer in ihn bin.
Später haben wir uns im seichten Wasser gegenseitig geneckt, geküsst und sind wieder ein bisschen geschwommen, bis Chris irgendwann eine Gänsehaut auf meinem Rücken bemerkte. Im Zelt haben wir uns wieder angezogen, weil ein frischer Wind aufgekommen war, Wolken hingen tief und grau über den Bäumen am Ufer gegenüber, aber zum Glück sind sie weitergezogen. Jetzt, am Abend, ist es wieder ganz ruhig über dem See, nur ein paar Enten und einzelne Badende stören die glatte Oberfläche. Wir haben uns bei der Imbissbude, die zum Campingplatz gehört, etwas zu essen geholt, es gab frisch gefangenen Bratfisch mit hausgemachtem Kartoffelsalat. Eigentlich bin ich kein Fischfan, aber dieser hier schmeckte ganz anders als alles, was man so im Supermarkt oder beim Discounter kaufen kann. Auch Chris war begeistert.
Dazu haben wir Rotwein aus Pappbechern getrunken und uns hinterher noch einmal nachschenken lassen, die vollen Becher haben wir mit zurück zum Strand genommen. Chris hat diesen Ort wunderbar ausgesucht, es ist weder überfüllt noch so einsam, dass man sich unwohl fühlen müsste. Jetzt liegen wir im Sand, Chris lehnt seinen Kopf gegen einen Stein, ich bette meinen in

seinen Schoß und schaue in den Himmel, der sich in der untergehenden Sonne blasslila färbt. Der Sand ist noch immer warm. Vereinzelt sind erste Sterne zu erahnen.

»Jetzt könnte die Zeit stehen bleiben«, sage ich. »Schade, dass man besondere Momente nicht zurückholen kann, wenn man das will.«

»Doch, das kannst du«, erwidert Chris. »Zumindest in der Erinnerung. Alles, was dich berührt hat, kannst du in deinen Gedanken und Bildern, die sich in deinem Kopf und deinem Herzen eingegraben haben, immer wieder aufleben lassen. Und den Augenblick noch einmal neu genießen. Sooft du willst.«

»Aber mit der Zeit verblasst jede Erinnerung. Davor habe ich Angst.«

Chris fährt mit den Fingern durch mein Haar, wickelt eine Strähne um seine Hand. »Mag sein. Aber die Gefühle vergisst du nicht. Höchstens, wenn die in dir sowieso verblassen. Dann kann es dir vorkommen, als ob du damals gar nicht so intensiv gefühlt hast. Aber dann ist es auch nicht mehr wichtig für dich, die Erinnerung lebendig zu halten.«

»Meine Gefühle für dich verblassen bestimmt nie«, protestiere ich.

»Doch. Nämlich genau dann, wenn du etwas erlebst, was dich noch heftiger empfinden lässt. Das überlagert dann alles andere. Es kann eine neue Liebe sein, irgendeine andere große Freude, oder auch eine Trauer, ein Schmerz. Immer das, was dich gerade am meisten beschäftigt, lässt dich auch am intensivsten empfinden.«

»Woher willst du das wissen? Ich möchte das nicht, und ich kann es mir auch nicht vorstellen. So wie für dich habe ich noch nie gefühlt.«

»Es ist aber so, und das ist auch ganz normal. Das hast du doch bestimmt auch schon selber erfahren, oder nicht? Dass du irgendwann in deinem Leben einmal etwas ganz intensiv empfunden

hast, und es war dir ungeheuer wichtig. Vielleicht hast du gedacht, so wichtig wird dir nie wieder etwas sein, oder jemand. Und doch ist es passiert. Einfach, weil du immer wieder Neues erlebst, neue Menschen kennenlernst, dich auf wechselnde Erlebnisse konzentrieren musst. Dich beschäftigst. Da *müssen* alte Gefühle verblassen, das ist doch nichts Schlimmes. Wäre es nicht so, würden wir wahrscheinlich verrückt werden.«
Ich versuche, nicht enttäuscht zu sein. Versuche zu verdrängen, dass ich mir eigentlich gewünscht hatte, Chris würde sagen, auch er habe noch nie so innig gefühlt wie für mich. Er meint es bestimmt nicht böse, und ich will nicht darauf bestehen, dass er genau das von sich gibt, was ich mir wünsche. Das wäre nicht echt.
»Komisch«, sage ich deshalb und richte meinen Blick weiter in den Himmel. Das bleiche Violett geht jetzt in ein Rauchblau über, die Sterne leuchten unterschiedlich hell, manche scheinen ganz nah. Ein abnehmender Mond lässt die Wasseroberfläche silbrig schimmern. Irgendwo sind noch leise Ruderschläge zu hören.
»Komisch, dass derselbe Himmel auch über Neuseeland liegt. Vielleicht tröstet mich das, wenn du dort bist. Ich werde mir immer vorstellen, er wäre ein Zelt, das sich über uns wölbt und uns beide einschließt, so wie unser Zelt hier, nur viel größer.«
»Das gefällt mir auch«, antwortet Chris. »Schöne Vorstellung.«
Ich hätte nicht gedacht, dass er das sagt. Eher hätte ich mit einer Antwort in der Art gerechnet, dass ich mich nicht so auf ihn fixieren soll, so wie er es in letzter Zeit immer gesagt hat. Ganz leicht hätte das, oder auch mein Satz, diese besondere Stimmung zwischen uns verderben können. Aber Chris schweigt, und es ist kein unangenehmes Schweigen, sondern eines, das nur den Zauber nicht zerreißen will, der diesen Minuten innewohnt. Ich fühle mich ihm ganz nah, und ich bin sicher, dass es ihm ebenso geht. Keiner von uns beiden rührt sich, wir liegen so still, als könne selbst die leiseste Bewegung diesen Augenblick zerstören. Nur von

unserem Rotwein trinken wir ab und zu einen Schluck, ich spüre, wie es in meinem Kopf angenehm schummrig wird, aber betrunken bin ich nicht.

Die Nacht, die nun über uns hereinbricht, ist mild und klar, nur ganz allmählich kühlt selbst der weiche, feine Sand unter unseren Körpern ab. Wir liegen in abgeschnittenen Jeans und T-Shirt hier, ohne zu frieren, selbst ich. Aber im Nacken und an den Schultern, wo mir sonst immer am schnellsten kalt wird, spüre ich Chris' warmen Körper. So kann ich es noch lange aushalten; man könnte beinahe draußen schlafen.

»Man könnte beinahe hier draußen schlafen«, sagt Chris. »Unter diesem Sternenhimmel, ohne Zelt. Warm genug ist es, und es wird auch in den frühen Morgenstunden kaum abkühlen.«

»Ich bin dabei«, antworte ich. Schon spüre ich das leichte Zucken, das durch seinen Körper geht, und grinse in mich hinein. Damit hat er nicht gerechnet.

»Wirklich?«, fragt er, und in seiner Stimme liegt Überraschung. »Und du hast keine Angst?«

»Bisher nicht. Du bist doch da. Und wenn wir was Unheimliches hören, können wir immer noch ins Zelt kriechen.«

Nun beugt er sich doch nach vorn und küsst meine Stirn, meinen Mund. »Du bist eine tolle Frau«, flüstert er. »Wir müssten aber unsere Schlafsäcke holen.«

»Aufstehen? Nö. Jetzt noch nicht. Mir ist nicht kalt.«

»Ich kann dich auch wärmen«, schlägt Chris vor und lacht leise, dann gibt er seine Liegeposition auf und rollt neben mich, umschlingt mich mit seinen Armen, die ich nun wieder vor mir sehe, wie sie ihm den Weg durch das Wasser bahnen, in langen, kräftigen Zügen.

»Gut so«, sage ich und drücke meine Nase in seine Halsbeuge, er duftet nach Seewasser, Sonnenöl und nach sich selber, so gut, so unendlich vertraut. »So halte ich es noch lange aus, da brauchen wir keinen Schlafsack.«

Wir liegen ewig so da, mal still und reglos, mal reden wir über alles, was uns gerade durch den Sinn geht, frei, wir lassen einfach alle Gedanken laufen wie klares Wasser aus einer sanft sprudelnden Quelle. Keiner von uns denkt nach über das, was er sagt, und dennoch verletzten wir einander nicht, sondern öffnen uns auf eine Art, wie wir es vielleicht nur ganz am Anfang getan haben, im Rausch der frühen Verliebtheit. Er hält mich unablässig in seinen Armen, sucht nicht nach einer bequemeren Lage, lässt mich keine Sekunde lang los. Am tintenschwarzen Himmel über uns sind jetzt einzelne Sternbilder deutlich zu erkennen. Ich kenne nur den Großen Wagen, aber Chris zeigt mir auch noch den Kleinen Wagen und die Kassiopeia, das Himmels-W.
Mit der Zeit spüre ich meine Augenlider schwerer und schwerer werden. So eng wie möglich schmiege ich mich an seine Schulter, und er hält mich weiter, irgendwann zucke ich zusammen und bin wieder wach. Chris atmet leise und gleichmäßig, ich schließe die Augen.
Als ich das nächste Mal wach werde, drückt mich die Blase, so heftig, dass ich nicht mehr liegen bleiben kann, so gern ich auch würde. Als ich mich aufrichte, wird auch Chris wach, ihm geht es wie mir. Es ist noch immer finster, der See liegt jetzt wie ein schwarzer Spiegel vor uns, selbst die letzten Lagerfeuer weiter hinten am Strand sind erloschen, außer uns scheint niemand wach zu sein. Chris steht auf und nimmt meine Hand. Als ich stehe, schlingt er gleich wieder seine Arme um mich.
»Hast du schon mal nachts gebadet?«, will er wissen.
Wenig später taste ich mich dicht an seiner Seite in den See, der jetzt, im Gegensatz zu tagsüber, düster und unheimlich erscheint. Als ich etwas anderes an meinen Fußsohlen spüre als den Sand, schreie ich leise auf, aber Chris lässt mich nicht los. In kleinen Schritten wage ich mich tiefer hinein, das Wasser kommt mir warm vor, dennoch zieht sich eine Gänsehaut über meine Schultern und den Rücken. Dieses Mal schwimmt Chris nicht voraus.

Er hält meine Hand, bis ich ganz eingetaucht bin, und wir wagen uns auch nicht weit nach draußen, sondern bleiben vorne im seichten Wasser, schwimmen ein paar Züge, tasten wieder nach Grund, umarmen uns.

»Du zitterst ja«, flüstert er. Sonst reden wir kaum, aus Angst, andere Camper zu wecken. Es ist so besonders, ganz allein hier zu sein, nur mit ihm. Das kühle Wasser und sein Körper sind es, die mich zittern lassen.

»Willst du raus?«, fragt er. Nun legen wir uns nicht mehr in den Sand, sondern gehen doch ins Zelt zurück, in unsere Höhle.

Auch an den nächsten beiden Tagen bleiben wir uns so nah. Immer wieder ertappe ich mich bei dem Gedanken, dass die zwei Wochen auf Mallorca unserer Liebe kaum besser getan hätten. In dem Trubel eines All-Inclusive-Hotels hätten wir vielleicht nie diese Art von Gesprächen geführt, die uns gegenseitig in das Innere des anderen schauen lassen, die nichts mit dem Alltagsstress zu tun haben, dem wir sonst oft ausgesetzt sind und der nur dazu führt, dass man sich gegenseitig anödet und nervt. Als ich Chris dies mitteile, sieht er mich mit strahlenden Augen an.

»Das meinst du wirklich, stimmt's? Ich wusste, dass es dir gefallen würde. Deshalb genieße ich es auch so. Schade, dass es nur drei Tage sind.«

Aber diese Tage genießen wir ohne jede Einschränkung. Wir gehen im Wald spazieren, baden, lieben uns, essen und trinken, und erst am letzten Abend an der Imbissbude stößt eine kleine Gruppe anderer Jugendlicher zu uns. Wir kommen ins Quatschen, was Chris mit seiner offenen, charmanten Art natürlich wie immer leichter fällt als mir. Aber eines der Mädchen, sie heißt Melissa, ist mir sympathisch, und wir beschließen, Handynummern auszutauschen. Erst jetzt fällt mir ein, dass ich die ganze Zeit noch nicht auf mein Handy gesehen habe, seit wir auf dem Campingplatz angekommen sind. Ganz am Anfang hatte ich es ausgeschaltet, bevor wir schwimmen gegangen sind, und danach

einfach vergessen. Auch jetzt widerstrebt es mir, das Telefon wieder in Betrieb zu nehmen. Ich wette, es sind lauter Nachrichten und verpasste Anrufe von zu Hause drauf. Von Mama, die wissen will, ob ich auch Mückenspray dabeihabe, von Papa, der irgendeine wichtige Frage an Chris hat, und von Isa sicher auch, sie will mich bestimmt wegen Pascal auf dem Laufenden halten. Das Handy ist die drahtlose Nabelschnur zur realen Welt, während Chris und ich hier draußen leben wie Adam und Eva im Paradies. Aber die Nummer von Melissa ist es mir wert, das Handy wieder anzustellen. Sie hat versprochen, mich anzurufen, wenn Chris abgereist ist, damit wir etwas zusammen unternehmen können.
»Sonst fällst du noch in ein Loch, ohne deinen Schatz«, hat sie gemeint. »Das muss unbedingt verhindert werden.«
Ich speichere also ihre Handynummer, und sie nennt mir dazu noch ihre E-Mail-Adresse. Sie war ganz erstaunt, als ich zugegeben habe, dass ich mit dem Internet bisher noch gar nicht viel am Hut habe. Höchstens für die Schule war ich manchmal auf der Suche nach Informationen. Melissa hat mich angesehen, als lebe ich völlig hinterm Mond, und beinahe war mir das ein bisschen peinlich. Aber dann hat Chris seinen Arm fest um meine Schultern gelegt.
»Spätestens wenn ich in Neuseeland bin, wird sich das ändern«, verkündete er und drückte mich an sich. »Denn dann werden wir uns bestimmt ganz oft mailen. Bisher hatten wir einfach Besseres miteinander zu tun. Ich will doch keine Beziehung, die nur am Computer stattfindet!«
Viel zu schnell sind die drei Tage vorbeigegangen. Auf dem Rückweg ist Chris ganz still, spricht kaum ein Wort mit mir. Zuerst habe ich gedacht, ich hätte irgendwas falsch gemacht, ihn verärgert. Weil wir uns während der Tage am See so nahe waren, spreche ich das auch an, aber erst, als wir bei ihm zu Hause sind. Ganz selbstverständlich bin ich mit nach oben gegangen. Es liegt in der Luft, dass wir jetzt nicht gleich auseinandergehen können. Sobald

wir in seinem Zimmer sind, stellt er seinen Rucksack auf den Boden und schließt seine Arme fest um mich. So verharren wir minutenlang, es ist ganz still im Raum, nur Chris' warmer Atem dringt an mein Ohr. Irgendwo draußen trillert eine Amsel.
»Es wird schwer sein, von dir wegzugehen«, raunt er, seine Stimme hört sich pelzig an. »Ich kann mir gar nicht vorstellen, bald ohne dich zu sein.«
»Geht mir genauso«, murmele ich in sein T-Shirt hinein. »Aber du musst ja auch gar nicht weg, Chris. Bleib doch hier, die Reise nach Neuseeland läuft dir nicht weg. Du kannst doch auch nächstes Jahr hin, oder wir gehen irgendwann zusammen.«
Chris schweigt, ich höre seinen Herzschlag, langsam und gleichmäßig, beruhigend. Seine Hände fahren über meinen Rücken, halten mich. Er räuspert sich.
»Mach es mir nicht noch schwerer, Anna«, murmelt er. »Bitte. Ich habe mich entschlossen, und ich zieh das jetzt durch. Du weißt es schon lange, sei also nicht traurig.«
Um die Stimmung zwischen uns nicht zu verderben, nicke ich nur. Aber ich verstehe das alles nicht. Chris ist doch selber traurig, und trotzdem scheint er nicht mal überlegen zu wollen, ob es nicht auch anders geht. Ob es keine Möglichkeit gibt, dass wir zusammenbleiben können. Richtig zusammen, nicht nur am Telefon oder vielleicht per E-Mail. Ich werde nicht schlau aus ihm.
Eine Stunde lang hängen wir noch in seinem Zimmer herum, dann spüre ich, wie Chris langsam unruhig wird. Ich soll es nicht merken, doch ich kenne ihn zu gut, und deshalb entgeht es mir nicht, dass er mit dem Fuß wippt, auf die Uhr sieht, sein Handy checkt. Also stehe ich auf und verabschiede mich von ihm, er bringt mich zur Tür, sein Blick streift mich schon etwas abwesend. Auf dem Heimweg kämpft in mir das Glücksgefühl der gerade vergangenen Tage gegen eine sich langsam ausbreitende Leere, die sich wie ein grauer Schleier über mich legt. Passend zu

dem Sommergewitter, das sich durch dichte Wolken und schwere, feuchte Luft ankündigt.

Zu Hause beugt sich Isa über ihre weit geöffnete Reisetasche und legt kleine Stapel Sommerklamotten hinein. Ich stelle meinen Rucksack daneben, müsste nur umpacken, die Schmutzwäsche vom Zelten raus, frische Wäsche rein, über der Badewanne vorher noch den Sand ausschütten. Übermorgen fahren wir mit unseren Eltern an die Ostsee, zehn Tage danach fliegt Chris weg. Innerlich widerstrebt es mir, überhaupt mitzufahren, weil uns beiden dadurch noch eine Woche verlorengeht. Aber Chris würde nicht wollen, dass ich seinetwegen zu Hause bleibe. Und auf Zoff mit ihm kann ich verzichten, gerade jetzt.

Isa kommt auf mich zu und umarmt mich.

»Eine Woche ohne Pascal«, jammert sie. »Und das, wo wir uns gerade erst kennenlernen! Wie soll ich das bloß aushalten, Anna?«

»Das hältst du aus«, versuche ich sie zu trösten. »Wenn er dich wirklich mag, ist eine Woche gar nichts.«

Trotzdem sieht sie mich unglücklich an, ihre Augen schimmern sogar feucht. So sieht sie fast noch süßer aus als sonst.

Isas Tagebuch, Mittwoch, 30. Juli

Hallo Tagebuch,

also, einen Familienurlaub habe ich mir anders vorgestellt. Papa geht dreimal am Tag joggen, ganz früh fängt er damit an, wenn wir anderen alle noch in den Kissen dösen, aber immerhin bringt er hinterher Brötchen mit. Das Frühstück ist also soweit ganz gemütlich. Danach gehen wir meistens zum Strand, wo Mama sich ewig im Strandkorb aalt und liest, sich also endlich mal richtig erholt, das soll sie auch. Papa zieht weiter sein Sportprogramm durch, meistens schwimmt er weit raus, bis sein Kopf nur noch ein winziger Pickel am Horizont ist. Und erst wenn Mama von ihrem Buch aufschaut, den ganzen Bereich mit den Augen absucht und schließlich kurz davor ist, die DLRG zu rufen, macht er kehrt. Danach liegt er, meistens zumindest, für eine halbe Stunde neben ihr auf dem Handtuch und lässt sich bräunen, bis er irgendwann wieder aufspringt, um zum Tennisplatz zu gehen. Als ob er sich krampfhaft fit und jung halten will. So richtig relaxt ist er eigentlich nur, wenn er beim Abendessen seinen Rotwein trinkt. Aber gestern hat er fast gar nichts gegessen, weil er danach noch mal joggen wollte. Für Mama ist das alles bestimmt nicht gerade toll, doch sie sagt ja sowieso nie was gegen ihn.

Aber die tragischsten Figuren in diesem Urlaub sind eindeutig Anna und ich. Wenn ich sie ansehe, habe ich das Gefühl, in einen Spiegel zu schauen. Genau wie ich läuft sie mit einem Gesicht herum, das verrät: Sie wäre eigentlich lieber ganz woanders. Bei Chris. Wir sollen hier einen auf heile Familie machen, aber irgendwie ist jeder für sich allein. Das, was wir zu viert erleben, ist nur eine Fassade, Anna und ich jedenfalls funktionieren wie Marionetten oder Aufziehfiguren. Beide sind wir in Wirklichkeit schon wieder zu Hause. Und ich natürlich bei Pascal – stell dir vor, Tagebuch, er hat mir jeden Tag zwei SMS geschrieben, seitdem ich weg bin! Natürlich war (noch?) kein richtiges Liebesgeständnis dabei – bisher sind wir ja nicht zusammen. Aber trotzdem irgendwie süß. In der letzten stand zum Schluss »miss U« – ob er das ehrlich meint und mich wirklich vermisst? Ich hoffe es so sehr!!

Anna kommt gerade rein, sie war alleine unterwegs. Sie sagt, sie liebt es, auf einem Bootssteg am Strand zu sitzen und den Sonnenuntergang zu beobachten, bis das Meer nur noch dunkelviolett vor ihr liegt. Ich wette, dabei denkt sie die ganze Zeit an Chris und wie sie zusammen gezeltet haben. Die Arme. Ob er zu Hause auch an sie denkt? Oder ist er nur mit seinem Egotrip nach Neuseeland beschäftigt?

Ich traue mich immer kaum, über Pascals süße SMS zu jubeln, weil ich Anna nicht traurig machen will. Sie checkt nämlich auch alle zwei

Minuten ihr Handy, aber da scheint sich nicht viel zu tun. Nur ab und zu telefoniert sie mit Vivien und mit so einer Melissa, die sie aber noch nicht lange kennt.
Eine Woche dauert nicht ewig ...
Deine Isa

... sieben ...

Als ich aufwache, spüre ich sofort dieses Ziehen im Magen, das mir sagt: Irgendwas ist heute schief, es wird kein guter Tag. Irgendwas tut weh, ich will den Morgen am liebsten gar nicht erst anfangen. Zuerst bin ich noch im Halbschlaf und habe nur diese leise Ahnung, aber dann weiß ich es gleich. Chris fliegt heute ab. Ich werde dabei sein, wenn seine Eltern ihn zum Flughafen bringen, aber dann werden wir uns lange nicht sehen. Es wird so sein, als ob Schluss ist zwischen uns, und so empfinde ich es fast auch. Er will mich am anderen Ende der Welt nicht dabeihaben, und ich kann ihn nicht halten.
Chris wirkt fahrig, als er mir die Tür öffnet und vor mir her in sein Zimmer geht. Beim Begrüßungskuss haben seine Lippen meine nur gestreift. Er ist blass im Gesicht, hoffentlich ist ihm nicht schlecht. Über Flugangst und solche Dinge haben wir gar nicht geredet.
Überall liegen Klamotten herum, T-Shirts, Hosen, Pullover, offenbar konnte er sich nicht entscheiden, was er mitnehmen will und was er doch lieber zu Hause lässt, hat vielleicht zig Mal umgepackt. Ich hätte ihm gern geholfen. Seine Mutter kommt herein und reicht ihm eine Tube Reisewaschmittel, Chris stöhnt leise, während er es ihr aus der Hand reißt und in seinen Rucksack stopft. Ich sehe mich um, ob ich vielleicht irgendwas für ihn tun kann, aber damit würde ich ihn wohl mehr stressen, als dass es ihm hilft.
»Anna«, sagt er plötzlich und schlingt seine Arme um mich, fest. »Anna, jetzt ist es so weit.«
Ich kann nur stumm nicken, an seine Brust gelehnt spüre ich, dass er schluckt. Beim Küssen spüre ich eine Träne auf seiner Wange. Ich selber bin viel zu leer zum Heulen. Das hier hätte alles nicht sein müssen.

»Kommt ihr?« Chris' Vater klimpert mit dem Autoschlüssel, tritt zu uns heran und hebt den Rucksack vom Boden auf. Unsere Schritte hallen im Treppenhaus, unten öffnet der Vater die Türen seiner Limousine, schweigend steigen wir ein, Chris auf der Rückbank neben mir. Auch während der Fahrt redet keiner von uns beiden, nur seine Eltern tauschen Belanglosigkeiten aus, sprechen über den zähflüssigen Stadtverkehr, schmieden erste Pläne für morgen, Pläne ohne Chris. Mir ist es ein Rätsel, wie sie das können. Manchmal wirft die Mutter durch den Schminkspiegel einen Blick zu uns nach hinten, aber wir wissen auch so, dass wir nicht unbeobachtet sind. Chris hält meine Hand, seine ist feucht. Ab und zu tauschen wir einen Blick, ich will ihm so vieles sagen, aber nicht, solange wir mit seinen Eltern in dieser engen Blechkiste sitzen. Wir waren doch gerade noch zusammen am See, über uns der samtblaue Himmel, die Sterne. Überall Luft und Weite um uns herum ... Das süßliche Parfüm seiner Mutter sticht mir in die Nase. So kriege ich kein Wort raus, ich muss versuchen, Chris alles mit meinen Augen zu sagen. Wenn seine Pupillen an meinen hängen bleiben, spricht Liebe und Schmerz aus ihnen. Aber er legt auch immer wieder den Kopf schräg gegen die Scheibe, als könnte er so erkennen, ob sein Flugzeug schon kommt.

In drei Stunden geht der Flieger, der ihn zuerst nach London bringen soll, ehe es nach einem kurzen Aufenthalt weiter nach Auckland geht. Aber zwei Stunden vorher muss er zum Einchecken am Schalter sein. Auf dem Flughafengelände wird er plötzlich wieder unruhig, hastet durch die Menschenmengen in der Abfertigungshalle, blickt immer wieder auf sein Ticket. Erst als wir den richtigen Schalter gefunden haben, ist er wieder bei uns, bei mir, weicht mir nicht von der Seite, ich soll sogar neben ihm stehen bleiben, während er sein Gepäck aufgibt. Er hat nur den einen Rucksack. Mein Handy klingelt, Vivien ruft an, ich werde ihr später erklären, warum ich sie wegdrücken musste. Sicher will sie fragen, ob Chris schon weg ist, mich aufmuntern. Aber jetzt zählt jede Sekunde, verrinnende Minuten, die alles bedeuten und doch nichts. Ein Jahr ist nicht die Ewigkeit. Ich verdränge den Gedanken an Flugzeugabstürze.

Und dann geht alles ganz schnell. Die Passagiere nach London werden aufgerufen, Chris umarmt seinen Vater, der ihm ein paar letzte sinnlose Ratschläge und gute Wünsche in die blonden Locken raunt, dann seine Mutter, die nun richtig schluchzt, zuletzt mich.

Noch einmal halten wir uns ganz fest, das ist alles nicht wahr, er kommt doch gleich wieder mit zurück, und dann überlegen wir, was mir machen, draußen ist spätsommerlicher, warmer Nieselregen, wir könnten …

»Tschüss, Anna«, flüstert er, ich höre dass er seine Stimme nicht hochgefahren bekommt, sein Kehlkopf ist belegt, rau. »Ich melde mich, aber warte nicht zu sehr. Genieß deine Zeit, und mach was draus.«

So leise, dass es niemand anders hören kann, flüstere ich zurück, dass ich ihn liebe, doch er sagt nichts mehr zu mir. Unser letzter Kuss ist flüchtig, Chris' Lippen trocken. Dann löst er sich von mir, sieht uns alle drei noch einmal an, setzt sich in Bewegung, redet mit der Bodenstewardess am Schalter, zeigt seine Papiere. Eine Milchglastür verschluckt ihn schließlich.

Ist es jetzt aus zwischen uns?

»Komm, Anna.« Chris' Mutter hakt mich unter, wieder streift mich ihr Parfümdunst, wie kann man nur so billiges Vanillezeug nehmen. »Wir bringen dich selbstverständlich nach Hause. Oder möchtest du lieber woanders hin?«

Ich schüttle den Kopf und bedanke mich, nach Hause ist schon gut, ich weiß auch gar nicht, wohin ich sonst wollte. Nicht zu Vivien, die mich gleich wieder zu irgendwelchen Aktionen mitschleppen würde. Nicht zum Baden, nicht raus. Heute ist Sonntag, da ist sowieso alles langweilig. Ich sage nicht, dass ich gerne noch bleiben möchte, in der oberen Etage an einer der Glasscheiben stehen, die bis zum Boden reichen, und die Flugzeuge beobachten will, wie sie in den Himmel steigen. Es ist sowieso schwer, festzustellen, in welchem Chris sitzt.

Auf der Rückfahrt lasse ich die Straßen und Häuser an mir vorüberziehen wie eine Filmkulisse, unbeteiligt, als wäre ich hier fremd, nur auf der Durchreise und ohne Ziel. Inzwischen ist die Stadt aufgewacht. Mich wundert, wie hier alles weitergehen kann, das ganze verflixte Leben. Mir erscheint alles verdreht, ohne Chris bin ich wie ein Kind, das sich verlaufen hat, ich habe immer für uns beide gedacht, und nun sind wir getrennt und auch wieder nicht, wir gehören zusammen und trotzdem ist irgendwie Schluss, wir lieben uns und werden uns zwölf Monate nicht sehen. Ich weiß nicht, ob ich das packe.

»Und, Anna? Was hast du so für Pläne in der nächsten Zeit? Fängst du eine Ausbildung an oder gehst du weiter zur Schule?«, fragt mich Chris' Vater nach einer Weile.

»Weiß noch nicht«, antworte ich. »Ich schreibe Bewerbungen. Zum Arbeiten hab ich mehr Lust als auf die Schule.«

Vor unserer Haustür hält der Vater an, lässt den Motor laufen, keiner von beiden steigt mit aus, um mich zu verabschieden. Ohne Chris verbindet uns drei nicht viel.

»Tja, dann …«, bringt seine Mutter irgendwie hervor und reicht mir nach hinten die Hand. »Für dich ist das auch alles nicht leicht, was, Anna? Aber lass nur. Ihr seid so jung … melde dich doch mal, du kannst jederzeit bei uns vorbeischauen. Auch ohne Chris.«

»Danke«, sage ich und will nur noch raus hier, aus dieser Blechkiste, weg von dem Vanilleduft, weg von Chris' Eltern. »Vielleicht mach ich das mal. Auf Wiedersehen.«

Zu Hause lasse ich mich aufs Bett plumpsen, es ist sonntäglich still, obwohl alle da sind. Isa telefoniert im Bad, im Wohnzimmer höre ich meinen Vater mit der Zeitung rascheln, Mamas Schritte kommen im Flur rasch näher zu mir. Mit einem mitfühlenden

Blick setzt sie sich neben mich und legt ihren Arm um meine Schultern.
»Na, Anna? Wie war es denn?«, fragt sie, als hätte ich gerade eine schwere Aufgabe überstanden, eine Mathearbeit oder irgendeine Prüfung. Aber schwer war es ja auch.
»Geht so«, sage ich und lasse meinen Kopf ganz kurz an ihrer Schulter liegen. »Ich will jetzt nicht durchhängen, am besten ich mache gleich irgendwas. Muss Papa an den Computer oder kann ich ran?«
Meine Mutter streicht mir übers Haar. »Geh du nur«, antwortet sie. »Wenn Lutz ranwill, regle ich das schon mit ihm, deine Bewerbungen gehen schließlich vor. Möchtest du am Nachmittag mit uns rausfahren? Wir wollen ein bisschen am Fluss entlanggehen und irgendwo Kaffee trinken.«
»Lieber nicht. Ich glaube, ich nutze die Zeit mal ganz für mich. Vielleicht treffe ich mich später noch mit Vivien.«
Zum Glück versucht sie nicht, mich doch noch zu überreden, also beeile ich mich, an den Computer zu kommen, bevor es jemand anders tut. Was ich da will, weiß ich eigentlich selber nicht, aber in Isas und meinem Zimmer halte ich es erst recht nicht aus. Ich würde nur grübeln, auf mein Handy starren, warten, dass Chris sich meldet. Alles, nur das nicht. Er würde es sowieso nicht wollen.
Halbherzig tippe ich bei Google »Stewardess« ein, wie neulich schon mal, habe aber keine Lust, nach Berufen zu schauen, erst recht nicht, wenn man dafür volljährig sein muss. Also minimiere ich das Fenster, dann kann ich es ganz schnell aufrufen, sobald mein Vater hier vorbeischleicht, um nachzusehen, ob ich auch ja was Sinnvolles mache. Die Suchmaschine schlägt mir alles Mögliche vor, womit ich meine Zeit vertreiben könnte, aber zuerst schreibe ich eine E-Mail an Vivien, sie freut sich bestimmt. Ich weiß nicht, wie oft sie schon versucht hat, mich zu bequatschen, dass wir uns Mails schreiben oder chatten. Chris findet es gerade

gut an mir, dass ich nicht so »mediengeil« wie die meisten anderen bin, wie er sich ausdrückt.
»Hi Vivien«, schreibe ich, »vor einer Stunde habe ich Chris zum Flughafen gebracht und bin innerlich ganz leer. Muss mich erst mal daran gewöhnen, dass ich ihn heute nicht sehen werde, morgen auch nicht und überhaupt lange nicht. Ist irgendwie total seltsam, und ich würde gerne mit dir darüber reden oder mich von dir ablenken lassen, irgendwas, such es dir aus. Ich weiß, ich habe dich in letzter Zeit oft vernachlässigt seinetwegen – bitte sei nicht böse. Was machst du heute noch? Gilt dein Plan mit dem Zehner noch, oder willst du doch nicht mehr? Du weißt ja, dass ich unbedingt dabei sein will … Und sag mal, in welchem Chatroom bist du? Wird Zeit, dass ich mich auch endlich mal irgendwo anmelde. Aber mit so einem Naturfreak wie Chris an der Seite kommt man irgendwie gar nicht auf so was. Bis dann, hdl, Anna.«
Nachdem ich die Mail losgeschickt habe, öffnen sich auf einmal mehrere Fenster, die ich gar nicht angeklickt hatte. Aber egal, ich lasse mich drauf ein, was anderes hab ich sowieso nicht zu tun. Als Erstes soll ich einen Psychotest machen und herausfinden, ob mein Freund mich wirklich liebt – das Ergebnis setzt sich in mir fest wie der Stachel einer Wespe, mit einem Widerhaken dran.
»Er mag dich noch – keine Frage«, steht da. »Aber seid ihr vielleicht schon sehr lange zusammen und alles scheint irgendwie eingefahren? Deshalb beginnt dein Freund, seine Fühler nach etwas anderem auszustrecken. Aber Kopf hoch – DU hast es in der Hand, denn sein neuer Kick kannst auch du selber sein! Lass dir etwas ganz Neues einfallen, überrasche deinen Schatz mit einem …«
Bla, bla, bla. Wie soll ich das machen, wenn mein Schatz gerade auf 10 000 Metern über Null die andere Hälfte dieses Planeten anfliegt?
Ich klicke mich weiter durch. Musik soll ich runterladen – fast zwei Euro für jeden Song kostet das! –, bei einer Auktion Marken-

klamotten günstig ersteigern, Klingeltöne für mein Handy bestellen, die neuesten Charts sagen mir dann, wer mich gerade anruft. Das Mobiltelefon nutze ich eigentlich nur, wenn ich mich mal verspäte, oder für SMS. Es ist immer noch der Ton von der Herstellerfirma drin, den hatte Chris auch ganz lange, bis er sich vor Kurzem einen bestellt hat, der sich anhört wie ein Telefon aus dem vorigen Jahrhundert. Ich kann ja mal nachsehen, was der kostet.

Gerade als ich mich durch die Liste geklickt habe, öffnet sich mit einem melodischen Plopp ein neues Fenster auf dem Bildschirm. Eine Gruppe Jugendlicher in meinem Alter lacht mich von einem Foto aus an, Gesichter wie viele andere, manche kommen mir beinahe bekannt vor, aber das kann nicht sein. Trotzdem lächle ich unwillkürlich zurück, die fünf verbreiten zumindest mehr gute Laune, als ich es im Moment könnte.

»Suchst du neue Freunde? Willst du wissen, was heute Abend in deiner Stadt noch läuft? Willst du jemanden zum Quatschen, der deine Interessen oder Probleme teilt? Dann bist du hier richtig! Jetzt kostenlos anmelden und dein eigenes Profil erstellen, und schon bist du nicht mehr alleine!«, lese ich. Und klicke auf den Button daneben.

Ein Profil zu erstellen, geht schnell und macht Spaß, stelle ich fest. Es ist fast wie früher in der sechsten Klasse, als Vivien und ich immer die Psychotests in den Jugendzeitschriften ausgefüllt haben. Man musste alle möglichen Fragen nach persönlichen Vorlieben beantworten oder sich bei einer geschilderten möglichen Situation für eine von drei oder vier Handlungsmöglichkeiten entscheiden. So konnte man angeblich mehr über sich selbst und seinen eigenen Charakter erfahren. Ganz ähnlich läuft diese Profilerstellung ab, ich setze ein Häkchen nach dem anderen hinter Fragen nach meinem Traumurlaub, meinen Hobbys, dem Lieblingstier, auf was für Jungs ich stehe (da gibt es nur einen!!!), welche Fächer in der Schule ich mochte und, und, und. Zum

Schluss gebe ich meine E-Mail-Adresse ein, denke mir ein Passwort aus, klicke auf »Abschicken« und werde beglückwünscht, dass ich nun ein Mitglied der »friends community« bin. Gleich darauf finde ich in meinem Postfach eine Mail, in der ich noch einmal beglückwünscht und begrüßt werde, und klicke auf den Bestätigungslink. Dann weiß ich erst mal nicht, was ich mit dieser »Community« anfangen soll, surfe darin verschiedene Bereiche an. Wie soll ich hier Freunde finden?

Beinahe bin ich schon versucht, eine weitere Mail an Vivien zu schicken, die mir noch nicht geantwortet hat. Vielleicht war sie ja heute noch gar nicht online. Oder ist sie vielleicht sauer, weil ich in letzter Zeit noch mehr als sonst mit Chris zusammen war?

Chris ... er fehlt mir schon jetzt. Ich werfe einen Blick auf das Display meines Handys, eine kleine SMS könnte er mir doch schreiben, in London müsste er inzwischen gelandet sein. Fehlanzeige. Auf der Website meiner neuen Community entdecke ich jetzt eine Liste mit verschiedenen Chatrooms. Von so was hat Vivien neulich gesprochen. Es gibt die Bereiche »frisch verliebt«, »Liebeskummer«, »schwanger unter 18«, »ich will mir das Rauchen abgewöhnen«, »Essstörungen«, »Beziehungsstress«, »Zoff mit den Eltern«, »Das erste Mal«, »Schulprobleme«, »Rund um Job & Ausbildung«, »Ärger in der Clique« und »Schluss gemacht«. Schluss gemacht – da könnte ich mich einloggen. Haben wir Schluss gemacht? Wie geht es anderen damit, wenn der Freund oder die Freundin plötzlich weg vom Fenster ist? Wohin, ist ja eigentlich egal. Wenn es einfach so aus ist, fühlt es sich bestimmt auch nicht anders an als bei mir jetzt. Ich gebe meinen Nickname ein, nenne mich *Lostandlonely8*. Die 8 steht für den Monat August, in dem mich Chris verlassen hat. In einer Art Formular kann ich Angaben über mich machen, Interessen, Hobbys usw. Zum Schluss lade ich ein Foto von mir hoch, eins von denen, die Chris am Badesee gemacht hat, darauf bin ich wenigstens schön braun. Jetzt muss ich mich nur noch einloggen, und schon bin ich drin!

»Was machst du denn da?«, ertönt auf einmal Papas Stimme hinter mir. Ich zucke richtig zusammen und will die Seite minimieren, doch vor lauter Nervosität klicke ich auf das Symbol für »Vollbild«. Nun finde ich gar nichts mehr, was ich anklicken kann, nur der Chat vor meinen Augen füllt sich mit den Kommentaren der Teilnehmer. »Eine Bewerbung ist das nicht, oder?«
»Ich ... ich hab das gerade im Netz entdeckt«, weiche ich aus. »Ist bloß aus Versehen die falsche Community, eigentlich wollte ich in ›Job & Ausbildung‹ rein, da kann man Erfahrungen austauschen und sich Tipps fürs Bewerbungsgespräch holen. Ich klick das gleich an, muss mich hier nur ausloggen.«
Mama steckt ihren Kopf aus der Küchentür. Ich sitze mitten auf dem Präsentierteller, dieser Platz im Flur ist echt nicht das Wahre.
»Lass sie doch, Lutz«, sagt sie. »Anna macht das schon, und wenn sie sich erst mal entspannt, ist es doch auch in Ordnung! Ich möchte heutzutage nicht jung sein, es wird den Kindern nicht leicht gemacht.«
»Schon gut«, brummelt mein Vater. »Ich muss bloß nachher auch noch mal ran, also vertu' deine Zeit nicht mit irgendwelchem Blödsinn.«
Er steuert das Bad an, in dem immer noch Isa telefoniert. Als sie auf sein ungeduldiges Pochen hin öffnet, sieht sie ihn genauso erschrocken an, wie ich es eben war. Dann entdeckt sie mich am PC.
»Da bist du ja, Anna!«, strahlt sie, kommt auf mich zu und schlingt von hinten ihre Arme um meinen Hals. »Stell dir vor, ich hab eben fast zwei Stunden mit Pascal telefoniert! Nachher erzähl ich dir alles, ja? Lässt du mich dann auch noch mal ran? Er sagt, er hat im Internet ein Video hochgeladen, auf dem er was zur Gitarre singt. Ich muss unbedingt wissen, ob da vielleicht eine klitzekleine versteckte Botschaft für mich drin ist! Verraten wollte er es mir nicht. Machst du noch lange?«

»Papa will auch noch«, gebe ich zurück. »Je mehr mich hier alle belagern, desto länger dauert es.«

»Oh.« Isa schlägt sich mit der Hand auf den Mund. »Dann hau ich mal ganz schnell ab. Aber bitte, bitte, nicht so ewig, ja?«

Nicht so ewig. Das hier ist das erste Mal, dass ich überhaupt länger als eine Viertelstunde am Computer verbringe, und schon wird er auf einmal für alle interessant. Für Papas Kontrollblick öffne ich rasch die Ausbildungsseite, doch sobald er wieder im Wohnzimmer verschwunden ist, gehe ich zurück in den Chat.

2. Teil   **Online: lostandlonely8**

Ein verschlossener Briefumschlag blinkt mich an, ich öffne ihn, da, noch einer ... nach wenigen Sekunden sind es schon sechs. Das ging ja schnell! Hastig klicke ich alle an und öffne sie.

Jealuzzy: Hi, neu hier? Lust zu chatten? ☺
Dorina555: Wie geht's? Erzähl mal was von dir
Sadmarco17: hi, was hat dich hierher verschlagen, zu »schluss gemacht«? würde dir gerne zuhören ... naja, eher lesen ;-)
Airwooolf: Tach, lostandlonely8! Willkommen im Club der Verlassenen.
Staubfee: Hallo, du hast ja ein romantisches Profilbild! Wie geht's?
Cybergiirl: hey hey lostandlonely8, schreib mal!!!

Sechs Leute! Das geht ja super einfach, hier neue Bekannte zu finden. Die Einladung von *Sadmarco17* spricht mich am meisten an, aber auch die anderen wirken so nett. Fieberhaft tippe ich Antworten in die Tastatur, es scheint ein spannender Abend zu werden.

Lostandlonely8: Ja, bin neu hier. Mein Freund ist gerade nach Neuseeland abgezischt, für ein ganzes Jahr! Fühl mich total im Stich gelassen ☹
Staubfee: Glaub ich dir. Aber hier bist du nicht allein, wirst schon sehen
Cybergiirl: wie alt bist du?
Lostandlonely8: 16
Jealuzzy: genau wie ich
Sadmarco17: dein freund hat also vor der abreise schluss gemacht?
Lostandlonely8: Jedenfalls will er seine Freiheit

Dorina555: Arschloch (Dein Freund)
Lostandlonely8: Aber ich liebe ihn ...
Cybergiirl: vergiss ihn, er hat dich nicht verdient
Sadmarco17: das sagst du so einfach, cybergiirl. mir geht's auch gerade total dreckig, weil ich meine freundin nicht vergessen kann. ein mensch lässt sich nicht abhaken wie ne erledigte aufgabe
Lostandlonely8: Sehe ich auch so. Was ist mit deiner Freundin?
Sadmarco17: vor drei wochen als au-pair in die USA gegangen
Staubfee: hat sie sich schon bei dir gemeldet?
Sadmarco17: eine SMS dass sie gut angekommen ist und eine kurze mail. das wars
Lostandlonely8: Wie lange ist das her?
Sadmarco17: zweieinhalb wochen
Dorina555: Da kommt bestimmt noch was, denke ich. Sonst hak nach
Sadmarco17: abwarten ...
Lostandlonely8: Das macht mir Angst. Hoffentlich wird das bei Chris nicht genauso
Dorina555: Muss nicht sein
Lostandlonely8: Wie meinst du das?
Dorina555: Am Anfang erlebt man ja ganz viel Neues und muss sich auf alles erst mal einstellen. Da bleibt wenig Zeit, sich zu Hause zu melden
Lostandlonely8: Ach so ...
Sadmarco17: aber ich frag mich, ob sie mich vermisst
Lostandlonely8: Geht mir genauso :`(
Lostandlonely8: Ich vermisse Chris ganz schrecklich
Staubfee: versteh ich
Sadmarco17: peggy ist das erste mädchen, das mir wirklich was bedeutet
Lostandlonely8: Chris ist auch mein erster Freund
Cybergiirl: hast du dich deswegen sadmarco genannt?

Sadmarco17: so isses. und die 17 für mein alter
Lostandlonely8: Und wie alt ist Peggy?
Sadmarco17: schon 19
Jealuzzy: :-O
Cybergiirl: wie geht das zwischen euch? die fährt doch bestimmt schon auto und alles *lol*
Sadmarco17: blödsinn. sie sieht jünger aus als sie ist, und ich älter. passt schon
Staubfee: Auf so was kommt's auch nicht an. Ich hatte auch mal nen viel älteren Freund
Jealuzzy: na hoffentlich hat Peggy nicht schon nen anderen
Lostandlonely8: Wie kommst du darauf?
Sadmarco17: wüsste ich auch gern
Airwooolf: Macht euch keinen Kopp
Staubfee. Das sagst du so einfach
Jealuzzy: ist doch immer so. Was meint ihr, wie oft mich mein Freund schon betrogen hat
Cybergirl: ooops, jetzt kann ich mir schon denken, warum du dir diesen namen zugelegt hast.
Lostandlonely8: ???
Cybergiirl: na: jealous = eifersucht. kapiert?
Lostandlonely8: Verstehe
Airwooolf: Hey, Eifersucht können wir Jungs nicht leiden. Klammert nich so
Jealuzzy: wenn ich von meinem Freund erwarte, dass er mir treu ist, hat das nix mit Klammern zu tun
Staubfee: Genau. Es geht ums Vertrauen
Sadmarco17: jemanden lieben ist doch kein klammern
Cybergiirl: typisch jungs, so sind sie eben, die wollen immer noch ein hintertürchen offen haben
Airwooolf: Nix gegen Hintertürchen, ja?
Lostandlonely8: Wie meinst du das?
Airwooolf: ₍,,₎₍ Y ₎₍,,₎ die Rückseite davon *ggg*

Dorina555: Wie eklig bist du denn? Noch so'n Ding und ich melde dich beim Moderator

Staubfee: Ich glaub, keiner von uns kann so was jetzt gebrauchen

Lostandlonely8: Sadmarco17, erzähl mir mehr von Peggy

Sadmarco17: nur wenn airwooolf rausgeht

Airwooolf: Sorry, war nicht so gemeint

Dorina555: Ehrlich?

Staubfee: Ok, eine Chance hast du noch

Lostandlonely8: Wie ist Peggy so?

Sadmarco17: traumfrau ... für mich jedenfalls. schulterlanges braunes haar, schlank, süßes gesicht, grüne augen, einfühlsame art

Lostandlonely8: Verstehe, dass sie dir fehlt

Staubfee: Ich auch

Dorina555: Trotzdem, guck nach vorne. Geh raus, unternimm was

Cybergiirl: musst du gerade sagen, hockst ja selber vor dem PC

Dorina555: Aber noch nicht lange

Cybergiirl: bist halt nicht son junkie wie ich ;-))

Sadmarco17: lostandlonely8, wie ist dein chris so?

Lostandlonely8: Er liebt die Natur und ist sehr sportlich, will studieren, wenn er wieder da ist

Cybergiirl: ach du liebe zeit, so ein naturbelassener schlaukopf?! wer weiß, ob du mit dem glücklich geworden wärst. XD

Lostandlonely8: ☺

Sadmarco17: du scheinst echt genau das gleiche durchzumachen wie ich

Lostandlonely8: Sieht ganz so aus ☺

Sadmarco17: ist schon irgendwie ein bisschen tröstlich

Dorina555: Dann tröstet euch mal, ich muss noch was für die Schule machen. Ciao (loggt sich aus)

Sadmarco17: hast du noch zeit, lostandlonely8?

Lostandlonely8: Auf jeden Fall

Sadmarco17: super

Aufgeregt rücke ich meinen Stuhl dichter an den Computertisch heran. Dieser Marco scheint ganz nett zu sein, die anderen aber auch. Das alles ist total neu für mich, ich kann es kaum glauben: Da sitzen irgendwo im selben Land andere Leute zur selben Zeit am Computer und haben dieselben Probleme wie ich. Und wir können uns einfach darüber unterhalten und uns gegenseitig helfen! Wir alle sind uns fremd und doch so nah in diesem Chat. Es ist wirklich so, als hätte ich auf einmal neue Freunde, mit denen ich viel offener reden kann als mit denen, die ich persönlich kenne. Sogar offener als mit Vivien …

Lostandlonely8: Sadmarco17, wie lange bist du schon mit Peggy zusammen?
Sadmarco17: wenn ich es noch bin … etwas über 8 monate
Lostandlonely8: So ähnlich wie Chris und ich
Staubfee: Das ist 'ne lange Zeit
Airwooolf: Find ich auch, so lange hats bei mir noch nie gehalten
Cybergiirl: kein wunder ;-)
Staubfee: Es ist schön, wenn man mit dem anderen immer mehr zusammenwächst
Lostandlonely8: Nur die Trennung tut dann umso mehr weh ☹
Sadmarco17: verdammt weh
Jealuzzy: und die Phantasie gibt einem den Rest
Staubfee: Aber die Trennung muss nicht das Ende der Liebe bedeuten
Staubfee: Bei euch jedenfalls, meine ich
Staubfee: Nicht nur wegen so einer Reise, auch wenn sie lang ist
Lostandlonely8: In einem Jahr kann viel passieren
Sadmarco17: genau
Jealuzzy: eben
Airwooolf: Mir wird das hier zu depri, ich geh pennen. Is ja schon spät
Cybergiirl: 22.41h ist für dich spät?

Airwooolf: Morgen ist Mathearbeit angesagt. Muttern hat schon mahnend angeklopft

Lostandlonely8: Verstehe. Dann viel Glück ☺

Airwooolf: Kann ich gebrauchen, drehe sowieso schon ne Ehrenrunde. CU (loggt sich aus)

Sadmarco17: ich bin in der schule auch nicht grad ne leuchte gewesen, seit peggy weg ist

Lostandlonely8: Gewesen???

Sadmarco17: naja, hab jetzt den erweiterten hauptschulabschluss und warte auf ne lehrstelle

Lostandlonely8: Wie bei mir, bloß ich hab den MSA

Lostandlonely8: Könnte mich jetzt auch auf keinen Lehrstoff konzentrieren. Immer spukt mir Chris im Kopf rum

Staubfee: Kein Wunder

Cybergiirl: und was wollt ihr machen? was für ne ausbildung?

Lostandlonely8: Irgendwas mit Reisen vielleicht. Um Chris nahe zu sein

Staubfee: Leuchtet ein

Sadmarco17: kein plan ☹

Lostandlonely8: Wofür interessierst du dich denn so?

Sadmarco17: nicht viel. sudoku mach ich manchmal, hiphop, computerspiele, autos mag ich, und eben chatten

Cybergiirl: bewirb dich doch als kfz-mechaniker

Sadmarco17: jaja, hab schon ein paar bewerbungen abgeschickt. bisher ohne erfolg

Lostandlonely8: Ich hab auch noch nix … aber auch kaum was abgeschickt. Muss ich echt mal machen

Lostandlonely8: Wann hast du Peggy zuletzt geschrieben?

Sadmarco17: hab ihr gleich geantwortet. jetzt warte ich wieder

Lostandlonely8: Ich auch

Lostandlonely8: Warte, ich glaub, da kommt jemand

Lostandlonely8: Kann sein, dass ich gleich off muss

Staubfee: Ich muss auch gleich off, morgen früh raus. *gähn* Ciao

Sadmarco17: und, kommt jemand??
Lostandlonely8: Schritte nähern sich. Ich klick dich mal kurz weg

»Anna?«, ruft mein Vater aus dem Wohnzimmer, ich habe das Sofa unter ihm ächzen gehört, während er aufgestanden ist, jetzt kommt er in den Flur. »Bist du immer noch am Computer? Das sind ja schon Stunden, ich will auch mal ran.«
»Warte, gleich«, keuche ich, meine Finger fangen an zu zittern. Er denkt, dass ich nach Ausbildungsplätzen suche. Wenn er jetzt sieht, was ich wirklich mache, rastet er aus. Zum Glück habe ich den Lautstärkeregler ganz runtergeschoben, sonst würde man jedes Mal hören, wenn mich jemand anschreibt. Marco fragt noch irgendwas, aber ich kann jetzt nicht, mein Vater steht schon hinter mir. Das Blut kocht in meinem Gesicht, als ich die Chat-Seite geschlossen habe, gerade noch rechtzeitig. Nur die Website mit den Jobs ist jetzt noch offen. Papa grinst mich zufrieden an, als ich seinetwegen aufstehe.
Ich gehe in mein Zimmer, das Display meines Handys leuchtet auf. Vivien fragt, ob ich morgen mit zum Baden komme, es soll noch mal richtig heiß werden.
Viel Lust habe ich nicht.
Hoffentlich hockt Papa nicht so lange am PC.

*

Ich gehe nicht mit zum Schwimmen. Diese neue Chat-Welt fasziniert mich so sehr, dass ich in den nächsten zwei Wochen jede unbeobachtete Minute mit meinen neuen Freunden verbringe. Dazwischen tue ich weiter so, als ob ich Bewerbungen schreibe, und teilweise mache ich das auch wirklich. Zumindest versuche ich es. Bis eine Mappe ganz korrekt ist – das dauert.
Von Chris höre ich kein Wort. Irgendwie muss ich mich ja schließlich von meiner Sehnsucht nach ihm ablenken. Marco alias

Sadmarco17 scheint ganz süß zu sein. Nicht, dass ich etwas von ihm wollte – aber es hilft mir, mit ihm zu reden. Zu schreiben.

Sadmarco17: hi lostandlonely8, cool dass du wieder on bist! hab schon gewartet
Lostandlonely8: Echt?
Sadmarco17: ja, gestern abend hab ich mich wieder so von dir verstanden gefühlt ☺
Lostandlonely8: Ging mir genauso
Sadmarco17: tja
Lostandlonely8: Ist ganz schön spät geworden ;-)
Sadmarco17: war auch voll müde heute früh
Lostandlonely8: Hat Peggy sich gemeldet?
Sadmarco17: nö
Lostandlonely8: Von Chris hatte ich heute ne Mail
Sadmarco17: echt?? was schreibt er denn so?
Lostandlonely8: warte, ich schick's dir
Sadmarco17: musst du nicht, ist doch privatsache
Lostandlonely8: Will ich aber. Mich interessiert, was du darüber denkst
Sadmarco17: ok
Lostandlonely8: Hier:

Liebe Anna,
du glaubst gar nicht, wie überwältigend dieses Land ist. Nachdem ich die ersten Tage lang überhaupt noch keine Orientierung hatte und Auckland erst mal nur auf ein paar Spaziergängen erkunden konnte, habe ich dann endlich ein paar nette Leute kennengelernt, mit denen ich weiterreisen konnte. Es handelt sich um Lientje, 26 Jahre jung, und Bob, 23, die im selben Hostel untergekommen waren. Wir saßen beim Frühstück zufällig an einem Tisch und lagen sofort auf einer Wellenlänge, obwohl sie ja ein paar Jahre älter sind als ich. Lientje ist aus Holland und Bob aus Schottland, du kannst dir also vorstellen, dass wir mehr gestikulieren und lachen als reden –

aber mit der Zeit wird es besser. Auf ein schlechtes Englisch (außer Bob natürlich) können wir uns einigen. Bob, der Einzige von uns dreien, der schon den Führerschein hat, hat einen Kleinbus gemietet, und mit dem sind wir jetzt seit fünf Tagen unterwegs.

Seit wir Auckland hinter uns gelassen haben, fange ich erst richtig an, diese Reise zu genießen, auf die ich mich so sehr gefreut habe. Sicher, auch Auckland war toll – aber letzten Endes ist es eine weitere Großstadt, mit dichtem Verkehr, Leuchtreklamen, Hochhäusern, Abgasen und vor allem fremden Menschen. Oft lief ich und lief, bis mir die Füße wehtaten, und ich war einsam inmitten dieses Trubels. Das kann nicht das Neuseeland sein, von dem ich monatelang geträumt habe, dachte ich mir. Zwischendurch habe ich mich sogar mehrmals gefragt, ob die Entscheidung, herzukommen, überhaupt richtig war. Trotzdem ist Auckland natürlich eine beeindruckende Stadt – ich hätte meinen Aufenthalt bloß lieber dort beenden statt anfangen sollen. Aber da der Flughafen da liegt, ging es nicht anders, klar.

Gleich hinter der Stadt kamen wir in die atemberaubendste Natur, die ich je gesehen habe. Ich glaube, ich habe noch nie so ein sattes Grün gesehen und auch keinen so seidigen violetten Himmel bei Sonnenuntergang. Als wir den ersten Abend an einem menschenleeren Strand picknickten und nichts um uns herum war als dieses fast schon kitschige Naturschauspiel und ein paar vereinzelte Schafe, habe ich so intensiv empfunden, dass mir beinahe die Tränen kamen. Ich kann gar nicht beschreiben, was es war – Rührung? Glück? Freiheit? Demut? Wahrscheinlich eine Mischung aus allem. Auf jeden Fall war es intensiver als alles, was ich vorher jemals in meinem Leben gefühlt habe. Und dann diese Stille. Ich glaube, wenn wir bei uns irgendwo in der freien Natur sind, hört man trotzdem immer noch irgendwie die Geräusche der Stadt, auch wenn wir sie nicht bewusst wahrnehmen. Oder die Hektik des Alltags hält uns davon ab, wirklich auch mal Stille zuzulassen. Hier jedoch ist die Ruhe fast wie Musik. Ich höre sie ganz bewusst, wenn ich in dieser Wahnsinns-

landschaft sitze und einfach aufs Wasser schaue oder ins Gras. Das sind die Augenblicke, in denen ich ganz bei mir selbst bin und in mir Ruhe, Körper und Seele sich im Einklang befinden und mir nichts fehlt, wo alles stimmt, innerlich und äußerlich.
Im Moment sind wir gerade in einer Kleinstadt – nach drei Tagen wilden Campens wollten wir doch mal wieder duschen – und sind in einer Privatunterkunft sehr herzlich aufgenommen worden. Da wir die Küche mitbenutzen dürfen, werden wir gleich alle zusammen kochen, muss jetzt also aufhören. Ich melde mich, sobald wir irgendwo sind, wo ich wieder ins Internet komme. Aber wir wollen uns auch bald einen Job suchen, auf einer Apfel- oder Kiwiplantage. Sei also nicht böse, wenn es nicht so schnell wieder klappt – dieses Traumland ist außerhalb der Städte sehr dünn besiedelt, das Internet also genauso selten.
Bis bald dann,
Chris

Sadmarco17: dem gehts gut

Lostandlonely8: Er schreibt gar nichts von uns. Als ob er mich überhaupt nicht vermisst

Sadmarco17: sehe ich auch so

Lostandlonely8: Erst hatte ich mich so gefreut, aber nach dem Lesen war ich nur noch enttäuscht

Sadmarco17: glaub ich dir

Lostandlonely8: Was mach ich jetzt nur?

Sadmarco17: kein plan. willst du antworten?

Lostandlonely8: Schon, aber wie? Nach der Mail kann ich ihm kaum hinterher vorheulen, wie sehr er mir fehlt :(

Jealuzzy: hi lostandlonely8. Wie geht's?

Lostandloney8: Geht so. Mail von Chris, er schwärmt von Neuseeland und hat mich wohl schon vergessen

Jealuzzy: steckt ne Frau dahinter, jede Wette

Sadmarco17: muss nicht sein, blöd isses trotzdem

Jealuzzy: jede Wette, wenn er nicht mal schreibt, dass es mit ihr (l&l8) noch schöner wäre

Lostandlonely8: Er will seine Freiheit

Desireless: Ich würd trotzdem zurückschreiben. Vielleicht wollte er bloß seine ersten Eindrücke schildern und nächstes Mal kommt schon mehr Gefühl

Lostandlonely8: Vor seiner Abreise waren wir uns so nah

Desireless: Siehste

Jealuzzy: was treibt dich in unseren Chat?

Desireless: Ich such nen Rat. Mein Freund will, glaube ich, Schluss machen und ich will versuchen, unsere Beziehung zu retten

Sadmarco17: womit?

Desireless: Überraschungswochenende auf dem Zeltplatz. Weiß jemand was Romantisches?

Lostandlonely8: Und ob! Warte, ich schick dir den Link

Lostandlonely8: Find ich grade nicht, aber nachher such ich noch mal und geb's dir dann morgen oder so

Desireless: ok :-*

Sadmarco17: was macht ihr heute noch so?

Jealuzzy: keine Ahnung, zu nix Lust

Sadmarco17: ich auch nicht. muss auch beim onlinespiel dranbleiben

Lostandlonely8: Nicht viel wahrscheinlich

Cybergiirl: hi, bin auch wieder da. ich sag euch, draußen ist es unerträglich heiß, war gerade einkaufen

Lostandlonely8: Das geht mir immer so auf den Kreislauf. Eigentlich wollte mich meine Freundin wieder mal zum Schwimmen mitschleppen

Cybergiirl: und, gehst du etwa?

Jealuzzy: würd ich nicht machen. Ich war neulich auch – nur verliebte Pärchen, wohin man auch schaut

Sadmarco17: das würde mir den rest geben

Jealuzzy: eben

Lostandlonely8: Sogar meine kleine Schwester hat ja mehr Glück in der Liebe als ich
Cybergiirl: echt? erzähl
Lostandlonely8: Ihr Schnuckel heißt Pascal, sie kennt ihn flüchtig aus der Schule, aber beim Baden sind sie sich näher gekommen. Jetzt schwirrt sie die ganze Zeit rum wie ein verliebter Schmetterling und trifft sich alle Naselang mit ihm. Gleich will er wohl herkommen und ihr Fahrrad reparieren, dann machen sie zusammen eine Radtour ins Grüne, mit Picknick und allem Drum und Dran!
Jealuzzy: die Glückliche. Wie alt ist sie?
Lostandlonely8: 14
Sadmarco17: und er?
Lostandlonely8: 15, glaub ich

Mein Handy surrt, schon wieder Vivien. Sie will wissen, wo ich bleibe. Sie warten alle auf mich. Ich antworte, dass es mir nicht gut geht, weil mir die Hitze auf den Kreislauf schlägt.
»Dann kannst du gar nicht den süßen Typen sehen, den ich kennengelernt habe!«, schreibt sie zurück. »Er heißt Mesut, sieht spitze aus und behandelt mich wie eine Königin! Er ist auch im Schwimmbad! Komm doch, bitte!«
Ich antworte nicht mehr. Sollen sie mich doch alle in Ruhe lassen mit ihrem Liebesglück. Isa, und Vivien genauso.

*

Lostandlonely8: Hi Marco, wie geht's?
Sadmarco17: wie immer
Lostandlonely8: Heute ist es ruhig hier im Chat
Sadmarco17: ist ja auch mitten in der nacht
Lostandlonely8: Da hat man endlich mal seine Ruhe
Sadmarco17: wieso, hast du keinen eigenen PC oder laptop?
Lostandlonely8: Nicht mal ein eigenes Zimmer

Sadmarco17: ach du scheiße. wo chattest du denn dann? im i-netcafé?

Lostandlonely8: Nee, am Familien-PC, steht im Flur

Sadmarco17: dann glotzt ja immer die familie zu

Lostandlonely8: Genau. Du glaubst gar nicht, wie sehr ich die Nase voll habe von dieser engen Wohnung hier. Nie ist man ungestört, wenn man mal irgendetwas arbeiten oder jemandem schreiben möchte. Mein Vater findet, das sei alles unnötig und früher wäre es auch ohne Computer gegangen

Sadmarco17: aber wir leben nun mal jetzt und nicht früher

Lostandlonely8: Meine Mutter hängt sich auch dauernd über meine Schulter und will alles mitlesen. Wenn wir wenigstens WLAN hätten und zumindest EINEN Laptop in Isas und meinem Zimmer!

Sadmarco17: musst du mal nachhaken bei deinen alten

Lostandlonely8: Unbedingt, zumal sie in letzter Zeit dauernd meckern

Sadmarco17: wieso?

Lostandlonely8: Ach, ich kann ihnen nichts recht machen. »Immer hängst du in Schlabbersachen vor dem Computer rum, räum endlich mal dein benutztes Geschirr und die Essensreste weg, das ist doch eklig; wenn Chris dich so sehen würde« und, und, und

Sadmarco17: nicht zum aushalten

Lostandlonely8: Mein Vater jedenfalls. Nur Mama sagt nie was. Ihr tut das mit Chris so leid, sie lässt mich in Ruhe

Sadmarco17: mich haben meine alten aufgegeben, glaub ich

Lostandlonely8: Auch nicht besser, oder?

Sadmarco17: nee

Lostandlonely8: Mein Vater tigert hier dauernd rum und will, dass ich Bewerbungen schreibe

Sadmarco17: da fühlt man sich ja ständig kontrolliert. hast du schon viele weggeschickt?

Lostandlonely8: Ein paar. Aber bisher nur Absagen. Da verliert man echt die Lust

Sadmarco17: geht mir auch so
Lostandlonely8: Was willst du werden?
Sadmarco17: kfz-mechaniker oder schlosser oder tischler. eilt aber alles nicht. und du?
Lostandlonely8: Vielleicht Reiseverkehrskauffrau oder so
Sadmarco17: fang doch als zimmermädchen an, hihi. im interconti
Lostandlonely8: Und du aufm Schrottplatz, bäh ;-)
Sadmarco17: *gg*
Lostandlonely8: Mit dir ist es lustig. Da vergesse ich den ganzen Scheiß
Sadmarco17: ebenso
Lostandlonely8: Das Foto auf deiner Profilseite, wo du den weißen Pullover anhast – ist das dein neuestes?
Sadmarco17: so ziemlich. bloß die haare hab ich jetzt noch kürzer
Lostandlonely8: aber genauso dunkel?
Sadmarco17: was denkst du denn? grün gefärbt?
Lostandlonely8: Quatsch. Aber manche Jungs lassen sich doch auch Strähnchen machen
Sadmarco17: bin doch keine schwuchtel
Lostandlonely8: ist ja gut

Irgendeine Tür in der Wohnung geht auf, wenige Sekunden darauf steht Isa neben mir.
»Was machst du denn hier?«, fragt sie. »Mitten in der Nacht?«
»Siehst du doch«, antworte ich, ohne meine Augen vom Bildschirm zu lösen. Isa rührt sich nicht. Ich will, dass sie verschwindet, sie wollte doch bestimmt nur pinkeln gehen, soll sie das doch machen und endlich abhauen. Aber sie bleibt.
»Wer is'n das?«, fragt sie gähnend und deutet mit dem Zeigefinger auf Marcos Profilbild.
»Kennst du nicht«, sage ich. »Er heißt Marco.«
»Nett?«
»Ziemlich. War's das?«

»Mein Typ wär er nicht«, stellt Isa fest. Dann geht sie endlich. Aus dem Bad höre ich kurz darauf die Spülung rauschen, nachts muss das echt nicht sein, sie weckt noch alle auf.
»Schönen Gruß an Marco«, kichert sie, als sie wieder an mir vorbei und zurück ins Zimmer geht.
Bis sie eingeschlafen ist, bleibe ich auf jeden Fall noch online.

*

»Ich leg dir gleich noch ein paar Adressen raus«, verspricht mir Papa beim Frühstück und bestreicht sich eine weitere Scheibe Brot mit Honig, viel zu dick, an den Seiten tropft alles wieder herunter. »Du bist ja nicht dumm. Ein mittlerer Schulabschluss ist doch was, auch wenn man heutzutage für viele Berufe das Abitur braucht, für die es früher nicht nötig gewesen wäre. Deine Mutter hat vollkommen recht. Aufgegeben wird nicht. Das passt nicht zu unserer Familie. Wie viele Bewerbungen hast du schon losgeschickt?«
»Weiß nicht genau«, antworte ich ausweichend. Irgendwann hört man auf zu zählen. Sehr viele waren es nicht. Aber das muss er nicht wissen.
»Heute Abend werfe ich mal einen Blick darauf.« Den letzten Schluck Kaffee trinkt er im Stehen. »Verbessern kann man immer etwas. Den Satz kannst du dir für dein ganzes Leben hinter die Ohren schreiben.«

Cybergiirl: hi lostandlonely8, auch wieder da?
Lostandlonely8: Wie du siehst. Bin aber noch müde
Cybergiirl: ich auch. zu nix Lust
Staubfee: Hängst immer noch durch, hm? Ist ja auch kein Wunder
Lostandlonely8: Muss mich aber aufraffen. Mich bewerben
Cybergiirl: schon wieder?
Lostandlonely8: Immer noch

Desireless: Tach auch. Wo bleibt die Adresse vom Campingplatz?

Lostandlonely8: Guckst du hier: www.jungescampen.com. Wünsch dir Glück

Desireless: Kann ich gebrauchen. Mein Freund ist nicht so leicht zu überreden. Und du, was macht Chris?

Lostandlonely8: Schreibt nicht mehr *schnief*

Cybergiirl: hast du ihm geantwortet?

Lostandlonely8: Ja, kurz

Sadmarco17: hallo, auch wieder online? zeig mal, was du geschrieben hast

Lostandlonely8: Wartet

Lostandlonely8: *Hi Chris, super dass du gut angekommen bist und so viel erlebst. Hier ist alles wie immer, mach dir also keinen Kopf um mich. Wir haben super Wetter, Vivien ist schon los zum Baden, ich fahre jetzt auch hinterher. Bewerbungen laufen, mal sehen, was draus wird, drück mir die Daumen! Kuss, deine Anna.*

Lostandlonely8: Meint ihr, das ist ok?

Airwooolf: Moin Moin. Absolut ok. Nur nicht klammern

Cybergiirl: genau

Staubfee: Bin nicht sicher ... könnte er nicht denken, du hast ihn innerlich schon abgehakt?

Sadmarco17: eben

Desireless: Vielleicht ist das gerade gut. Dann strengt er sich an

Cybergiirl: Kann nicht schaden

Lostandlonely8: Und du, Marco? News von Peggy?

Sadmarco17: fehlanzeige

Sadmarco17: und sonst so?

Lostandlonely8: Weiß nicht. Hab eigentlich heute Chorprobe, weiß aber noch nicht, ob ich hingehe. War irgendwie schon ewig nicht mehr da

Cybergiirl: mann, meine mutter kam grade rein und meinte, ich soll einkaufen gehen. da hab ich vielleicht bock drauf. meinen bruder fragt sie nie

Staubfee: Einkaufen geht ja noch. Ich hasse am meisten Bad putzen
Sadmarco17: staub wischen ist das schlimmste
Airwooolf: Ist alles Mist.
Desireless: Koffer nach der Reise auspacken und die Wäsche wieder einräumen
Lostandlonely8: Das hast du ja bald vor dir. Am besten man fährt gar nicht erst weg
Staubfee: Was singt ihr da so, im Chor?
Lostandlonely8: Alles Mögliche. Das meiste sind alte Lieder, die unsere Chorleiterin in ihrer Jugend mal gut fand *gääähn*
Desireless: Ich mag alte Songs von früher
Lostandlonely8: Naja, ich nur manche
Sadmarco17: wann musst du da sein?
Lostandlonely8: 17.00
Cybergiirl: is ja noch zeit
Cybergiirl: boah, schon wieder meine mutter, die hat gedroht, mir die internetleitung zu kappen. ich sag euch eins: mit 18 bin ich hier weg
Lostandlonely8: Dauert das noch lange?
Cybergiirl: 14 monate, 17 tage und 3 stunden
Lostandlonely8: Ist bei mir so ähnlich. Keine Privatsphäre in dem Laden hier
Dorina555: Hi, ihrs. Erzählt mal was, bin nicht so lange hier. Irgendwas Aufregendes passiert?
Staubfee: Nix spezielles
Desireless: Nach dem Wochenende weiß ich mehr
Lostandlonely8: Meine beste Freundin ist gestern im Schwimmbad vom Zehner gesprungen. Hat wer von euch das schon mal gemacht?
Cybergiirl: kann mich grade noch beherrschen. arme irre
Airwooolf: Klar, hab ich. Ist doch nix bei
Sadmarco17: angeber. lostandlonely8, warst du dabei und hast zugesehen?

Lostandlonely8: Nö, ich war doch hier. Sie hat's mir am Telefon erzählt

Dorina555: Also war's das erste Mal? Oder macht sie so was öfter?

Lostandlonely8: Erstes Mal. Sie hat's sich aber schon lange vorgenommen

Dorina555: Cool

Lostandlonely8: Ich glaub, sie wollte nur ihren Schwarm beeindrucken. Hat sie wohl auch geschafft, heute ist sie mit ihm auf Tour

Dorina555: Na bitte ;-)

Staubfee: Die Glückliche ... *schmacht*

Cybergiirl: naja, naja. kennst du sie schon lange?

Lostandlonely8: Ewig. Im Moment läuft's aber nicht so mit uns. Sie ist gerade auf diesem »Ich-will-mein-Leben-genießen-und-was-Besonderes-machen«-Trip

Airwooolf: Ist ja nix gegen einzuwenden. Gib mir mal ihre Telefonnummer ;-)

Lostandlonely8: Hättest du wohl gerne. Außerdem: Welchen Teil von »Sie trifft sich mit ihrem Schwarm« hast du nicht verstanden?

Airwooolf: Das war n Scheeeerz, Kleine

Jealuzzy: apropos »erstes Mal« ... wie sieht's da bei euch aus?

Staubfee: Genießen und schweigen ;-)

Dorina555: Lange her ...

Sadmarco17: mit peggy und wunderschön

Lostandlonely8: Mit Chris, na klar ... und noch nicht sooo lange her

Airwooolf: Erstes Mal? Äh, ach ja, diese Party damals mit 13 ... erinnere mich dunkel ;-)

Lostandlonely8: Jetzt erzähl du aber auch, jealuzzy

Cybergiirl: genau, raus damit

Jealuzzy: is ja gut. Ja, ich hab auch schon ... ging ziemlich daneben. Hinterher erzählte er es rum

Dorina555: Mieses Schwein, der Typ. Was hast du dann gemacht? Gleiche Münze, hoffentlich?

Lostandlonely8: Stimmt das eig. wirklich, dass man an seinem »ersten Mann« besonders hängt?
Staubfee: Glaube schon. Ist ja auch irgendwie logisch. Ein erstes Mal kann man nicht wiederholen. Also mit niemandem danach so erleben wie mit dem einen
Cybergiirl: ich glaub, das wird überbewertet. mein erstes mal will ich am liebsten vergessen. danach gab's bessere ☺
Sadmarco17: hey, ich hab gerade mein outlook geöffnet! post von peggy!
Lostandlonely8: Mach auf!
Sadmarco17: soll ich wirklich?
Lostandlonely8: Klar. Wenn's ne blöde Nachricht ist, hast du wenigstens uns
Staubfee: Genau. Wir lassen dich nicht hängen
Sadmarco17: ok. muss ja sowieso sein. kleinen moment
Lostandlonely8: Ich hol mir inzwischen was zu trinken
Sadmarco17: wieder da?
Lostandlonely8: Yep. Was schreibt sie?
Sadmarco17: USA ist super, und noch mehr nette leute kennengelernt
Lostandlonely8: Nix über euch? Ob sie dich vermisst?
Sadmarco17: kein Wort ☹
Staubfee: Das tut mir leid für dich
Lostandlonely8: Mir auch
Sadmarco17: was soll ich ihr antworten? eigentlich kann ich es doch bleiben lassen. bringt eh nix
Airwooolf: So isses. Zeig endlich mal Eier und such dir ne Neue. Zum Beispiel lostandlonely8, deine Seelenverwandte
Sadmarco17: ha ha
Staubfee: Airwooolf, du nervst
Cybergiirl: er meints nicht böse
Lostandlonely8: Schreib, dass du dich für sie freust. Und erzähl irgendwas über den tollen Sommer hier, wie super das Wetter ist

Nur nicht jammern
Sadmarco17: danke für den Tipp, werd mal drüber nachdenken
Lostandlonely8: Sie muss nicht merken, wie einsam du dich fühlst

Mein Handy klingelt. Wie fast immer leuchtet Viviens Foto auf dem Display auf. Mit einer Mischung aus Widerwillen und Schuldbewusstsein drücke ich die Taste mit dem grünen Hörer.
»Anna?«, japst Vivien am anderen Ende der Leitung. »Geht's dir besser mit deinem Kreislauf? Heute Abend soll auf der Open-Air-Bühne am See eine ganz tolle Band auftreten, und es wird gegrillt! Das können wir uns nicht entgehen lassen, oder? Gleich nach dem Chor gehen wir hin. Ich möchte dir Mesut vorstellen, wir sind jetzt zusammen!«
Ich brauche einen Augenblick, bis ich innerlich bei Vivien angekommen bin und bei dem, was sie sagt. Es ist, als ob ich aus einer anderen Welt wieder in die Wirklichkeit gezerrt werde. Die Uhr rechts unten auf dem Bildschirm zeigt kurz nach zwölf Uhr mittags. Mir kommt es so vor, als wäre ich gerade erst aufgestanden, andererseits habe ich aber auch das Gefühl, ich hätte heute schon viel erlebt.
»Warte mal, langsam«, sage ich und unterdrücke ein Gähnen. »Ich überlege noch. Das ist ja jetzt ein ziemlicher Überfall.«
»Du überlegst? Bei dem Wetter? Man weiß nie, wie lange das Spätsommerwetter noch anhält. Ein paar aus der Clique …«
»Das ist nicht so einfach«, sage ich. »Ich habe auch jemanden kennengelernt. Im Chat. Er braucht mich, ihm geht's ziemlich beschissen, wegen seiner Ex.«
»Bring ihn mit.« In Viviens Stimme schwingt eine Mischung aus Freude und Ungeduld mit. »Und vergiss die Noten nicht.« Sie stimmt die erste Zeile von *Summertime* an. Unerträglich. Ich glaube, ich höre mit dem Chor auf.

*

Staubfee: Na, was machen die Bewerbungen? He, he

Lostandlonely8: Jaja, ich müsste. Find's hier mit euch aber viel geiler

Cybergiirl: schreibst du nicht nebenbei? ich mach das immer, und noch tausend andere sachen dazu

Jealuzzy: ich auch. Nägel lackieren, Mathe üben, telefonieren ... was halt so anfällt *g*

Cybergiirl: versuch das doch auch mal. ist übungssache. man muss eben multitaskingfähig sein ;-)

Lostandlonely8: Klingt cool. Dann werd ich mal nebenbei im www nach Firmen suchen, die ich noch anschreiben kann

Sadmarco17: hey maus, was machst du so?

Lostandlonely8: Siehst du ja ☺, und nebenher Bewerbungen schreiben. Mal sehen, ob ich beides packe. Und du?

Sadmarco17: durchhängen. hab total schlecht gepennt, weil meine alten sich die ganze nacht gestritten haben. durch alle wände gebrüllt. kann sein, dass die sich trennen

Lostandlonely8: das tut mir leid ☹

Sadmarco17: ja, könnte echt besser sein

Jealuzzy: was macht Peggy?

Sadmarco17: funkstille

Cybergiirl: ich glaub, die kannst du abhaken

Lostandlonely8: Chris meldet sich auch nicht

Sadmarco17: zum glück seid ihr da

Lostandlonely8: Find ich auch. Im Chat komm ich mir vor wie in einer geschützten Höhle, keiner kann mir was. Ist irgendwie schön, zu wissen, dass ihr am anderen Ende sitzt und mich ganz genau versteht

Staubfee: Geht mir auch so

Cybergiirl: ihr seid aber auch newbies, vor allem lostandlonely8. im web laufen doch ganz andere sachen ab. ne zeitlang wurde ich mal richtig gemobbt, wollte mich sogar deswegen schon umbringen

Lostandlonely8: ???? :-O
Cybergiirl: ja, echt
Staubfee: Was war da los? Wer hat dir das angetan?
Cybergiirl: hab ich nie rausgefunden. bestimmt welche aus meiner Schule
Lostandlonely8: OMG, ich glaub, da würd ich mich gar nicht mehr hintrauen
Staubfee: Oder nicht mehr ins Netz?
Cybergiirl: spinnst du? das netz ist mein leben!
Staubfee: Erzähl doch mal, was da war
Cybergiirl: neee ... dann kommt alles wieder hoch
Staubfee: Muss nicht sein. Kann auch sein, dass es hilft. Denk an uns und unsere »Höhle« hier
Cybergiirl: trotzdem. ein anderes mal vielleicht
Lostandlonely8: wir treffen uns hier ja oft. Sag einfach, wenn du reden willst
Airwooolf: Am besten mit Tee und Räucherstäbchen, wie in ner Therapiegruppe
Cybergiirl: jetzt sag ich gar nichts mehr
Lostandlonely8: Verstehe ich nur zu gut ... Marco, worüber haben deine Eltern sich denn gestritten?
Sadmarco17: keine ahnung. geld, denk ich mal
Lostandlonely8: Einer von beiden gibt zu viel aus, der andere meckert, richtig?
Sadmarco: vermutlich
Lostandlonely8: Mit Chris konnte ich nie richtig über meine Eltern reden, wenn es mal Probleme gab. Mit seinen hat er sich super verstanden, und die lieben sich angeblich auch noch wie am ersten Tag. Und mein Dad – für den war Chris der Traumschwiegersohn.
Staubfee: Also hielten die eher zusammen als einer zu dir, wenn's drauf ankam
Lostandlonely8: So isses
Jealuzzy: na super

Sadmarco17: mein vater fand peggy toll, meine mutter nicht so
Jealuzzy: typisch Männer, die alten Säcke
Staubfee: Das musst du nicht gleich so sagen
Cybergiirl: wieso, ist doch was dran
Staubfee: Vielleicht hat er sich einfach nur gefreut, dass sein Sohn so eine nette Freundin hat
Jealuzzy: merkt man ja jetzt, wie nett sie ist
Lostandlonely8: Jedenfalls kannst du dich immer bei mir melden, wenn was ist, Marco
Sadmarco17: danke gleichfalls
Cybergiirl: und, lostandlonely8? schon ne bewerbung fertig? *fg*
Lostandlonely8: Nö. Klappt irgendwie nicht nebenbei
Sadmarco17: ich könnte das auch nicht. kann ja nicht mal nebenbei zocken
Cybergiirl: wird schon noch
Lostandlonely8: Kann mich sowieso nicht richtig konzentrieren. Alles tut noch so weh. Ich warte schon wieder ewig auf ne Nachricht von Chris.
Jealuzzy: nix gekommen seit deiner letzten Antwort?
Lostandlonely8: Nicht eine Zeile. Warte, da kommt wer. Ich hör was im Treppenhaus.

In der Wohnungstür dreht sich ein Schlüssel, schon steht Papa im Flur. Hastig minimiere ich die Seite und öffne die mit meinem Bewerbungsanschreiben, das geht schnell, ich muss nur jedes Mal den Namen der Firma ändern. Mein Vater blickt sich suchend um.
»Ist Mama gar nicht da?«, fragt er. »Wo steckt sie denn?«
»Einkaufen, für Tante Erika. Wie jeden Mittwoch«, antworte ich und hacke oben in den Briefkopf eine Firmenadresse, die es gar nicht gibt. Er sieht nicht mal hin.
»Wenn sie kommt, sag ihr, sie soll mich dringend anrufen, ja?« Er tigert zum Wohnzimmer, bis zum Balkon und wieder zurück, als

könnte er sie doch noch finden. In der Küche lässt er Leitungswasser in ein Glas laufen und trinkt es in einem Zug leer.
»Vergiss es nicht«, mahnt Papa noch einmal. In seiner Stimme Verwunderung, Ärger. Mama ist um diese Zeit sonst fast immer da.
»Ja ja, schon gut«, entgegne ich. Geh bitte, denke ich. Geh und lass mich in Ruhe.
Die Wohnungstür klappt wieder zu.

Lostandlonely8: Bin wieder da
Sadmarco17: dein alter?
Lostandlonely8: Erraten. Er hat aber nichts gemerkt, zum Glück
Cybergiirl: geschickt angestellt *g*
Lostandlonely8: Müsste jetzt wirklich mal was tun
Cybergiirl: müsste, müsste, müsste *lol*
Lostandlonely8: Ja Mensch, ich krieg sonst Ärger
Sadmarco17: bleib noch ein bisschen, bitte
Lostandlonely8: Mach ich ja, schon gut
Jealuzzy: wer weiß, wie lange du noch sturmfreie Bude hast
Lostandlonely8: Stimmt. Ich hol mir bloß mal ein Stück Kuchen aus der Küche
Sadmarco17: futtern könnte ich auch was
Cybergiirl: na los
Lostandlonely8: Zwei Bewerbungen muss ich schaffen. Das nehme ich mir fest vor und dann kann er mir gar nix
Staubfee: Das schaffst du locker
Cybergiirl: wenn nicht, geht die welt auch nicht unter
Desireless: Hi Leute! Lostandlonely8, danke für den Tipp mit dem Zeltplatz. Stell dir vor, mein Schatz hat JA gesagt! Wir fahren hin, und wenn's nur übers WE ist!
Lostandlonely8: Ich drück dir die Daumen, dass ihr es noch mal hinbekommt
Staubfee: Ich auch
Sadmarco17: scheint ja ein magischer zeltplatz zu sein

Lostandlonely8: Mir hat er nicht wirklich was gebracht
Desireless: Habt ihr damals noch mehr Fotos gemacht, außer das von deinem Profilbild? Schick mal was rüber
Lostandlonely8: Warte ... muss grade ne Firmenadresse kopieren und in mein Anschreiben einfügen
Cybergiirl: fleißig, fleißig ;-))

Meine Mutter kommt zurück. Jetzt muss ich Marco und die anderen schon wieder hängen lassen. Sie stellt ihre Einkaufstaschen ab und legt mir etwas Kaltes in den Nacken, sodass ich richtig zusammenzucke.
»Ich hab Eis zum Nachtisch mitgebracht«, sagt sie. »Und Hühnerfrikassee wollte ich machen, es ist ja noch so warm, das liegt dann nicht so schwer im Magen. Hast du Hunger?«
Ich schüttle den Kopf und deute auf den Kuchenteller vor mir. Die Hälfte des Stücks habe ich gegessen, Käsekirschkuchen, schon ziemlich pappig. Der war noch vom Wochenende übrig. Ihr Blick streift den Bildschirm mit dem Bewerbungsschreiben. Ich weiß selber nicht, warum sich meine Augen plötzlich mit Tränen füllen. Mama bemerkt es sofort.
»Setz dich doch nicht so unter Druck«, sagt sie und streicht mir übers Haar. »So einfach ist das heute nicht mehr mit den Ausbildungsplätzen, das weiß doch jeder. Papa auch, selbst wenn er manchmal etwas bärbeißig tut, du kennst ihn ja.«
»Er hat nach dir gefragt«, sage ich. »Sich gewundert, wo du bleibst.«
Meine Mutter stürzt zum Telefon, nimmt es von der Station und verschwindet damit im Schlafzimmer.

*

Missvivi: Hi Anna. Jetzt probier ich's auch mal in deinem Chat, anders kriegt man dich ja nicht

Lostandlonely8: Sorryyyyy ...

Missvivi: Wenn du nicht mehr zum Chor kommen willst – ok. Ich hab ja so was schon geahnt. Aber dass du dich nur noch vorm PC vergräbst, versteh ich nicht. Das kann doch nicht die Lösung sein, so kann doch dein Leben nicht aussehen, nur weil Chris in Neuseeland ist!

Lostandlonely8: Ist ja nicht nur deswegen

Missvivi: Weswegen noch?

Lostandlonely8: Muss Bewerbungen schreiben

Missvivi: Tag und Nacht??

Lostandlonely8: Wer redet von nachts??

Missvivi: Deine Schwester, ich habe sie neulich am See getroffen Ich will wissen, was mit dir los ist

Lostandlonely8: Nichts, was soll sein?

Missvivi: Du meldest dich nicht mehr, du kommst nirgendwohin mit, du interessierst dich für nichts und niemanden. Irgendwas stimmt doch da nicht

Lostandlonely8: Hab ich doch neulich schon mal angedeutet. Ich hab im Chat jemanden kennengelernt, den ich ganz süß finde

Missvivi: Und das sagst du mir erst jetzt? Das erklärt natürlich einiges. Meinst du, da wird mehr draus? Erzähl!

Lostandlonely8: Quatsch, nicht »mehr«. Er heißt Marco und ihm geht's genau wie mir. Seine Freundin ist auch im Ausland und lässt ihn hängen

Missvivi: Finde ich super, dass du nicht an diesem egoistischen Idioten Chris klebst

Lostandlonely8: Doch, klar häng ich noch an Chris. Marco und ich helfen uns nur gegenseitig. Wir fühlen uns voneinander verstanden, mehr als von jedem anderen Menschen

Missvivi: Danke, versteh schon. Was man nicht selbst erlebt hat, kann man wahrscheinlich nicht so gut nachvollziehen

Lostandlonely8: Ich nehm dir das gar nicht übel

Missvivi: Erzähl mal mehr, wie ist er denn so?

Lostandlonely8: Es gibt noch nicht so vieles, was ich über ihn weiß

Missvivi: Welche Interessen hat er so?

Lostandlonely8: Nicht so viele

Missvivi: Hat er mit Chris was gemeinsam, von der Art her, meine ich? Ist es das, was dich über die Trennung hinwegtröstet?

Lostandlonely8: Glaub ich nicht. Aber er ist echt nett und sensibel

Missvivi: Und gefällt er dir? Zeig mir doch mal seine Profilseite, da hat er doch sicher ein Foto eingestellt!

Lostandlonely8: Warte, hier ... siehst du ihn?

Missvivi: Wow, nicht schlecht. Ein ähnlicher Typ wie Mesut

Lostandlonely8: Kann sein

Missvivi: Habt ihr euch auch schon mal getroffen?

Lostandlonely8: Nö, wozu?

Missvivi: Ey, ihr beide seid echt bescheuert. Da hockt ihr 24 Stunden am Tag vor dem Computer und jammert euch gegenseitig was vor, statt rauszugehen, was zusammen zu machen und Spaß zu haben. Was spricht denn dagegen?

Lostandlonely8: Weiß nicht

Missvivi: Warum nicht?

Lostandlonely8: Das geht bei mir alles nicht so schnell

Missvivi: Wo wohnt er denn?

Lostandlonely8: Irgendwo hier in der Stadt, aber am anderen Ende

Missvivi: Mit den Öffentlichen ist das kein Hindernis. Nächstes Wochenende wollen Mesut und ich in den neuen Club am Aussichtsturm, kommt ihr mit?

Lostandlonely8: Weiß nicht. Drängel mich nicht so, Vivien. Ich hab nicht mal nen Schimmer, ob Marco überhaupt in Clubs geht

Missvivi: Ich will nur nicht, dass du in der Bude versauerst, während draußen das Leben tobt

Lostandlonely8: Wir sind doch nicht mal zusammen

Missvivi: Was nicht ist, kann noch werden

Lostandlonely8: Isa kommt grade, ich muss Platz machen, weil sie

irgendwas im Web raussuchen will, wo sie mit ihrem Pascal hindüsen kann
Missvivi: Die macht's richtig
Lostandlonely8: Ach, sie nervt. Redet nur noch von ihm und ihrem Kribbeln im Bauch und wie süß er ist
Missvivi: Und? Willst du das nicht auch mal wieder erleben?
Lostandlonely8: Bin noch nicht so weit
Missvivi: Anna, ich verstehe dich nicht. Ich hab das Gefühl, ich komm überhaupt nicht mehr an dich ran
Lostandlonely8: Lass mir Zeit. Ist vielleicht nur ne Depri-Phase wegen Chris
Missvivi: Und dieser Marco, und all die wildfremden Leute, denen du da schreibst ... die geben dir, was du brauchst??
Lostandlonely8: Vielleicht
Lostandlonely8: Muss jetzt wirklich off, Isa will an den PC. Bis bald
Missvivi: Ciao

»Mach aber nicht so lange«, warne ich meine Schwester. »Ich war zuerst da.«
Isa nickt, ihre Augen funkeln, sie ist noch gar nicht richtig hier. Ihr Gesicht spiegelt alles wider, was sie erlebt hat, ohne dass sie ein Wort sagen muss, sie ist randvoll. Bestimmt kann ich gleich wieder ran, weil sie ihren Pascal anrufen oder all ihre Liebesergüsse im Tagebuch festhalten muss.
Aus dem Wohnzimmer hören wir unsere Eltern streiten. Das heißt, eigentlich hört man nur Papa.
Mama redet mit gedämpfter Stimme auf ihn ein, kommt im Flur an uns vorbei und eilt in die Küche, holt eine Flasche Bier aus dem Kühlschrank und lächelt uns abwesend zu. Dann igeln sie sich wieder ein, glauben, Isa und ich würden nicht mitbekommen, was los ist. Das Telefon klingelt, Papa scheint es schon vor sich auf dem Couchtisch gehabt zu haben, er ist gleich dran, sagt aber immer nur »ja, ja« und »hm«. Ich glaube, am anderen Ende

der Leitung ist eine Männerstimme zu hören. Hinterher sagt er nicht, wem sie gehörte, aber es fragt ihn auch niemand.
Die Wohnzimmertür fliegt auf, Mama rauscht wieder durch den Flur und tippt etwas in ihr Handy. Der stumm geschaltete Fernseher wirft blaues Flackerlicht in den Korridor.

*

Sadmarco17: hi, wie gehts?
Lostandlonely8: Geht so
Jealuzzy: nix neues von chris??
Lostandlonely8: Doch, eine Mail, aus der ich nicht schlau werde. Die letzte ist fast drei Wochen her, und dann das
Jealuzzy: zeig her
Lostandloney8: Hier:
Liebe Anna,
zurzeit bin ich nur selten online, weil ich jeden Tag auf der Apfelplantage arbeite. Ich sage dir, das ist eine Knochenarbeit! Ich spüre meine Arme und meinen Rücken kaum noch, nachdem ich an den ersten Abenden vor Muskelkater fast umgekommen bin. Wir werden nach Stiegen bezahlt, das heißt, je mehr wir schaffen, desto mehr Kohle gibt es, und die kann ich wirklich gebrauchen. Du glaubst nicht, wie herrlich diese Äpfel hier schmecken! Kein Vergleich mit den deutschen, diese hier sind viel aromatischer und saftiger. Bob und ich jonglieren mit Äpfeln, machen Apfel-Weitwurf-Wettbewerbe ... und essen natürlich jede Menge einfach so vom Baum. Ich glaube, so gesund habe ich mich noch nie ernährt.
Wohnen tue ich übrigens in einem Hostel, in der Eingangshalle gibt es einen PC mit Internetzugang, den man benutzen darf, aber jede halbe Stunde kostet Geld. Muss noch an meine Eltern und ein paar Kumpels schreiben.
Hoffe, bei dir ist alles im grünen Bereich,
Love, Chris

Staubfee: Immerhin »love«! Ist doch schon was

Lostandlonely8: Habe auch stundenlang auf dieses eine Wort gestarrt

Sadmarco17: kann ich verstehen

Lostandlonely8: Aber wie meint er das? Heißt das so viel wie »Liebe Grüße«, oder meint er wirklich die Liebe? Ich werde nicht schlau aus ihm

Sadmarco17: liest sich genau wie das, was mir peggy immer schreibt – wenn sie überhaupt schreibt. es geht immer nur um sie – genau wie bei deinem chris.

Lostandlonely8: Ich frag mich die ganze Zeit, ob er sich schon sehr verändert hat

D@rkness: Inwiefern?

Lostandlonely8: Naja, hab ihn ja schon fast zwei Monate nicht gesehen. Manchmal versuche ich mir vorzustellen, wie Chris auf einer meterhohen Leiter oder einem Wagen steht, mit freiem Oberkörper, seine Arm- und Brustmuskeln, die von Tag zu Tag kräftiger werden ...

Cybergiirl: lecker ;-))

Lostandlonely8: Bestimmt sind seine Haare noch länger geworden, vielleicht hat er sich einen Bart wachsen lassen

Staubfee: Du liebst ihn immer noch

Lostandlonely8: Scheint so, oder?

Cybergiirl: kannst ja gärtnerin werden, weil dein chris doch jetzt äpfel erntet ;-))

Lostandlonely8: Sehr witzig

Lostandlonely8: Ich will immer noch ins Reisebüro

D@rkness: Meine Cousine arbeitet da auch, sie findet es langweilig

Lostandlonely8: Wieso??

D@rkness: Sie sagt, so viel mit Reisen und Menschen hat sie gar nicht zu tun, ist fast nur am Computer und die fernen Länder sieht sie ja nicht

Cybergiirl: sag ihr, sie soll mir die adresse geben. da muss ich mich unbedingt bewerben!
Lostandlonely8: *lol*
Sadmarco17: ich auch
Staubfee: Was mit Tieren fänd ich auch gut. Tierarzthelferin oder so
Lostandlonely8: Auch nicht schlecht. Jedenfalls besser als Gärtnerin
Cybergiirl: hast du mal mit deinen eltern gesprochen, dass du einen eigenen computer haben willst?
Lostandlonely8: Ja, neulich mal. Habe versucht, es ganz geschickt einzufädeln
Sadmarco17: wie denn?
Lostandlonely8: Hab gesagt, ich brauch den zum Bewerbungen schreiben, und um mich über Berufe und so zu informieren
Staubfee: Und wie haben sie reagiert??
Lostandlonely8: Wie schon. Ist nicht drin. Da sind sie sich beide ausnahmsweise mal einig
Sadmarco17: ausnahmsweise?
Lostandlonely8: Ich glaub, die haben im Moment Probleme. Viel krieg ich nicht mit, aber meine Mutter hatte neulich ganz rote Augen, die hat bestimmt geheult
Airwooolf: Oder Zwiebeln geschnitten *g*
D@rkness: Airwooolf, raus hier wenn du bloß nervst
Cybergiirl: genau
Staubfee: Erzähl weiter, Lostandlonely8
Lostandlonely8: Als ich in die Küche kam, hat sie versucht, ihre Stimme auf Normal zu stellen und tat, als ob nichts wäre. Dabei bin ich kein Kleinkind mehr, sie kann ruhig mal was erzählen
Sadmarco17: meine eltern reden auch nicht viel mit mir
Lostandlonely8: Ist ja beruhigend :-(
Staubfee: Hast du ne Ahnung, was da los ist?
Cybergiirl: papa hat bestimmt ne andere

Lostandlonely8: Halt die Fresse

Sadmarco17: komm, nicht aufregen, das muss nicht sein. kann auch ganz andere gründe haben

D@rkness: Meine Mama heult manchmal auch einfach so, aus Erschöpfung

Lostandlonely8: Ich hab nix mitgekriegt

Staubfee: Und dein Vater? Wie hat der reagiert?

Lostandlonely8: Keine Ahnung. Er war nicht da

Cybergiirl: hört sich nicht so gut an

Lostandlonely8: Nee

Sadmarco17: da haben die natürlich keinen nerv, wenn du wegen nem laptop ankommst

Staubfee: Ist ja bald Weihnachten. Vielleicht geht da was

Lostandlonely8: Glaub ich nicht – zu teuer. Außerdem dauert das schon noch

Dorina555: Hallo, hab mich gerade eingeloggt. Noch keinen Job, Lostandlonely8?

Lostandlonely8: Bedaure

Dorina555: Blöd, denn wenn du ne Stelle hättest, wär das Geld für nen Laptop bald zusammen. Da verdienst du ja dann ein bisschen

Staubfee: Manchmal findet man auch gute gebrauchte

Sadmarco17: soll ich im internet mal für dich gucken?

Lostandlonely8: Gerne ... ich guck auch. Ein Laptop, das wär schon was. Den könnte ich überallhin mitnehmen und müsste nicht immer hier im Flur hocken

Dorina555: Nach draußen zum Beispiel, auf ne Parkbank, ins Schwimmbad ... mit so nem Web-Stick, da geht das

Cybergiirl: hab ich auch

Airwooolf: Hätte ich nicht gedacht. Bist ja voll krank, 24 Stunden am Tag online

Cybergiirl: geh doch in der erde buddeln, wenns dir nicht passt

Lostandlonely8: Boah, bin gerade voll neidisch! Wo sitzt du denn jetzt mit dem Gerät?

Cybergiirl: in der u-bahn, muss heute abend babysitten
Lostandlonely8: Wahnsinn, sobald die Kiddies schlafen, kannst du wieder ran
Cybergiirl: du sagst es. muss jetzt off, bin gleich da :-))

*

Abends sitzt mein Vater vor dem Bildschirm. Er blickt kaum auf, als ich an ihm vorbeigehe, hackt Zahlen in eine Tabelle, überlegt, fährt mit der Maus hin und her, löscht etwas, schreibt neu. Ich gehe in mein und Isas Zimmer, weiß nicht, was ich tun soll. Isa sitzt auf dem Fensterbrett und schreibt in ihr Tagebuch, ich öffne den Kleiderschrank und stehe unschlüssig davor, schließe ihn wieder. Dann sortiere ich meine CDs in alphabetischer Reihenfolge. Ich muss Marco schreiben, wenigstens ganz kurz, auch *Jealuzzy* wartet sicher schon, gestern ging es ihr nicht gut. Mit einem anderen Mädchen, das sich *2good4u* nennt, habe ich über Alpträume geredet, geschrieben natürlich, das wollte ich heute auch so gerne fortsetzen. Isa blickt auf.
»Du machst einen ja ganz nervös«, meckert sie. »Wie du hier herumtigerst. Ist irgendwas?«
»Ich muss dringend noch eine wichtige E-Mail abschicken«, versuche ich ihr weiszumachen. »Aber jetzt sitzt Papa die ganze Zeit am PC und rechnet. Und es sieht nicht so aus, als ob er bald damit fertig ist.«
»Die Geschäftsbilanzen«, meint Isa schulterzuckend. »Kennst du doch schon. Das kann dauern.«
Das glaube ich allerdings auch. Wenn Papa Ein- und Ausgaben seiner Tankstelle abrechnet, sitzt er manchmal bis weit in den Abend hinein und darf nicht gestört werden.
Beim Essen wird wenig geredet, mein Vater starrt vor sich hin, kaut und schluckt, setzt sein Bierglas an die Lippen, kaut wieder, schluckt. Ich stelle mir vor, die Luft in diesem Raum mit einem

japanischen Messer durchzuschneiden, lautlos, bis sie in zwei Teile auseinanderfällt wie ein seidener Schleier. Und dahinter sind wir. Unsere Fassaden nützen nichts mehr, wir müssen Farbe bekennen. Nichts ist mehr da, was uns voreinander schützt.
Als wir fertig sind und vom Tisch aufstehen, ist die Erleichterung spürbar. Nur mit Mühe kann ich vermeiden, dass alle sehen, wie eilig ich es habe, an den Computer zu gelangen. Ganz automatisch öffne ich zuerst meine Dateien mit den Bewerbungen, die noch immer unbearbeitet vor sich hin schmoren. Erst als ich aus dem Wohnzimmer den Fernseher höre, logge ich mich zum Chatten ein. Mein Herz rast und in meinen Handflächen bilden sich nasse Rinnen. Hoffentlich gehen sie heute Abend alle bald schlafen.

Lostandlonely8: Hey Marco, bist ja noch da, ein Glück
Sadmarco17: klar, hab gewartet ;-)
Lostandlonely8: Musste meiner Mutter beim Großeinkauf helfen und abends hat mein Dad den PC blockiert. Hatte keine Chance. Sei nicht böse
Sadmarco17: blödsinn. und, sind sie alle wieder besser drauf?
Lostandlonely8: Geht so
Lostandlonely8: Warte, muss ein paar Anfragen bestätigen
Sadmarco17: neue freunde gefunden?
Lostandlonely8: Klar. Cool, was?
Sadmarco17: solange du mich darüber nicht vergisst ...
Lostandlonely8: Nie im Leben. Bist mir voll wichtig geworden
2good4u: Hi, auch noch wach?
Lostandlonely8: Du offenbar auch
2good4u: Hab Angst schlafen zu gehen, vor den Alpträumen
Lostandlonely8: Das tut mir leid. Mir hilft manchmal Fencheltee. Oder Baldriantee, der ist noch besser. Danach penne ich ganz gut
2good4u: Hab ich nicht da
Staubfee: Ich werd immer beim Lesen müde. Darf nur kein Thriller sein

Airwooolf: Ich trink ein Bier. Oder zwei. Manchmal auch drei ...
Cybergiirl: alki
Staubfee: Streitet nicht schon wieder, ihr zwei
2good4u: Und was macht ihr gegen Durchschlafstörungen?
Lostandlonely: Chatten ;-))
Cybergiirl: genau
Lostandlonely8: Wie war euer Tag so?
Sadmarco17: wie immer. ein kumpel ist vorbeigekommen, dem hab ich meinen e-bass verkauft
Dorina555: Kannst du spielen? Cool!
Sadmarco17: nicht besonders und jetzt hab ich keinen bock mehr
Staubfee: Warum nicht?
Sadmarco17: erinnert mich an peggy. hatte sie nämlich bei nem bandauftritt von uns kennengelernt. Sie war im publikum und sprach mich hinterher an, als wir abgebaut haben
Lostandlonely8: Dann versteh ich das. Ich will auch keinen Sportplatz mehr sehen. Da hat Chris mich angebaggert
Staubfee: Trotzdem schade. In ner Band spielen ist doch toll
Airwooolf: Kannst du ja machen *lol*
2good4u: Ich denke, ihr helft euch hier gegenseitig. Mach sie nicht so blöd an
Airwooolf: Schon gut. Will ja nicht, dass du noch mehr Alpträume bekommst ;-))
Staubfee: Wovon träumst du denn so, 2good4u?
2good4u: Kann mich meistens nicht dran erinnern. Aber immer irgendwie, dass ich rennen will, fliehen, und nicht vom Fleck komme
D@rkness: Komisch, den Traum hatte ich auch schon mal
Staubfee: ich auch
Sadmarco17: ebenso
Cybergiirl: Sogar ich
Lostandlonely8: Endlich ...
Cybergiirl: ????

Lostandlonely8: Ich bin wieder zu Hause!

D@rkness: Klär uns mal auf

Lostandlonely8: Zu Hause im Chat. Erst jetzt, wo ich mit euch allen online bin, fühl ich mich richtig wohl

Sadmarco17: ach, das meinst du. ja, hast recht. geht mir genauso

Staubfee: Mir auch

2good4u: Wenn bloß nicht alle anderen immer meckern würden, weil man so viel am PC sitzt

Cybergiirl: auf dem ohr bin ich taub

Dorina555: Man merkt gar nicht, wie die Zeit vergeht. Ich setz mir immer ein Limit

Cybergiirl: selber schuld

2good4u: Bin auch froh, dass ihr da seid. Gerade jetzt, in der Nacht

Staubfee: Gut, wenn es dir hilft

Lostandlonely8: Ich weiß nicht, wie ich die Zeit nach Chris' Abreise sonst überstanden hätte. Ohne unsere Gemeinschaft

Staubfee: Geht's dir denn allmählich besser?

Lostandlonely8: Ganz langsam. Ich warte nicht mehr so sehr auf Mails von ihm

Cybergiirl: mails ... der könnte sich doch auch mal hier einloggen. geht doch viel schneller, und man ist im dialog!

Lostandlonely8: Wem sagst du das ... ich glaub, er ist aus Prinzip dagegen

Cybergiirl: der naturbursche, hihi

Jealuzzy: hey ... seid ihr da? Ich brauch euch ... mein Freund hat mich betrogen. Bin total am Boden

Lostandlonely8: OMG! Erzähl

Jealuzzy: er hat wirklich ne andere

Sadmarco17: sch ...

D@rkness: Das tut mir voll leid *knuddel*

Jealuzzy: bin hier voll am Heulen ☹

Lostandlonely8: Weiß genau, wie du dich fühlst, ich heul gleich mit

Airwooolf: Der airwooolf heult auch. Huuuuuuu!
Cybergiirl: du bist gewarnt!
Airwooolf: Ich mein das ernst, wirklich!
Sadmarco17: wir stecken echt alle in der gleichen kacke
Lostandlonely8: Wie kam denn das jetzt, jealuzzy?

Meine Mutter kommt aus dem Schlafzimmer. Wie immer, wenn ich nachts Geräusche von den anderen höre, durchfährt mich ein leiser Schreck, wie ein Nadelstich, und ich werfe einen hastigen Blick auf die Uhr im Display. Zwei Uhr dreiundzwanzig.
»Du musst doch mal schlafen, Mädchen«, sagt Mama und tritt heran. Sie riecht nach ihrer Nachtcreme und nach unterbrochenem Schlaf, mit bettwarmen Händen knetet sie mir den Nacken. »Schreibst du denn immer noch Bewerbungen?«
»Nicht nur«, antworte ich.
»Bist ja ganz verspannt«, sagt sie. »Das kann doch nicht gesund sein, so viele Stunden am Computer. Das hast du doch früher nicht gemacht. Du verdirbst dir die Augen, Anna.«
Ich nehme meine Hände von der Tastatur. Sie hört auf, mich zu massieren. Sie soll nicht aufhören. Ich will mich fallen lassen. Sie riecht so nach früher.
Nein, doch nicht. Es ist mir egal. Die anderen warten, dass ich wieder antworte.
»Mach mal Schluss und geh schlafen, ja?«, wiederholt sie.
»Gleich«, sage ich, die Augen auf den Bildschirm gerichtet.

*

Sadmarco17: na ... wie geht's?
Lostandlonely8: Schräg
Sadmarco17: wieso, was ist passiert?
Lostandlonely8: Können wir ein eigenes Fenster aufmachen? Ich will jetzt nicht, dass alle mitlesen
Airwooolf: Tschüss ihr Turteltäubchen!

Lostandlonely8: Siehst du – deswegen. Darauf hab ich heute absolut keine Lust

Sadmarco17: ok, hauen wir ab. bis gleich

Sadmarco17: so, dann schieß mal los

Lostandlonely8: Irgendwie hacken alle auf mir rum. Meine Schwester hat mir richtig üble Vorwürfe gemacht, ich würde überhaupt keine Zeit mehr für sie haben und so. Dabei wusste ich gar nicht, dass sie was von mir will

Sadmarco17: was wollte sie denn?

Lostandlonely8: Mir was von Pascal vorlabern, natürlich. Ich hab ihr schon hundertmal gesagt, dass mich ihr Gezwitscher nur nervt, wenn ich selber gerade unglücklich bin

Sadmarco17: das muss sie doch einsehen ... wie alt war sie noch gleich?

Lostandlonely8: 14

Sadmarco17: ok, das ist noch ziemlich jung, da sind sie manchmal noch ganz schön kindisch ;-)

Lostandlonely8: Eigentlich verstehen wir uns gut. Aber heute haben wir uns richtig angeschrien ☹

Sadmarco17: au weia

Lostandlonely8: Ich glaube, ich hab's verbockt

Sadmarco17: wieso?

Lostandlonely8: Hab nicht gecheckt, dass sie mir wirklich was anvertrauen wollte. Dass sie jetzt auch Liebeskummer hat

Sadmarco17: ooops

Lostandlonely8: Eben

Sadmarco17: und dann?

Lostandlonely8: Hat sie mir erzählt, was los ist. Gar nicht so aufregend, das Übliche eben. Er will nicht, dass sie ihn vor seinen Jungs abknutscht, und will mit denen öfter mal wieder was alleine unternehmen

Sadmarco17: klingt erst mal nicht so schlimm. so sind die meisten.

Lostandlonely8: Eben. Deshalb wusste ich auch gar nicht, warum Isa so ein Drama daraus macht

Sadmarco17: hat sie nicht sogar mal zu dir gesagt, sie würde nie so klammern wie du bei chris??

Lostandlonely8: Genau

Sadmarco17: und dann kommt es doch wieder anders als gedacht. aber warum macht sie DIR deswegen stress?

Lostandlonely8: Bin vielleicht selber schuld. Hatte total schlechte Laune, weil mein Vater ewig den PC blockiert hat. Da hatte ich für ihren Liebeskummer nicht auch noch den Nerv

Sadmarco17: hmmmm ... wenn du eh nicht an den PC konntest, wär doch zeit gewesen?

Lostandlonely8: Zeit schon, aber ich hab mich wahnsinnig geärgert. Isa heulte rum, und gerade als ich sie ein bisschen trösten wollte ... warte, sie läuft hier gerade vorbei ...

Sadmarco17: ok

Lostandlonely8: Ist wieder weg. Also, da sagte sie allen Ernstes: »Ich komm mir schon vor wie du, die am Anfang auch nur rumgehangen und an Chris gedacht hat. Jetzt weiß ich, wie sich das anfühlt, wenn man von einem Jungen so im Regen stehen gelassen wird.«

Sadmarco17: das konntest du natürlich nicht gebrauchen

Lostandlonely8: Genau. Dann hat sie mir noch vorgeworfen, ich würde nur noch am PC hocken und hätte für sie keine Zeit

Sadmarco17: solange sie pascal hatte, war das ja auch nicht nötig

Lostandlonely8: Eben! Das hab ich ihr auch gesagt. Und dann gab ein Wort das andere

Sadmarco17: und jetzt?

Lostandlonely8: Liegt sie auf dem Bett und heult

Sadmarco17: na toll

Lostandlonely8: Meine Mutter schleicht hier auch die ganze Zeit rum und will, dass ich mich um Isa kümmere

Sadmarco17: solltest du dann vielleicht doch mal tun. für den familienfrieden ;-))

Lostandlonely8: Meinst du?

Sadmarco17: sonst lassen sie dich nicht in ruhe

Lostandlonely8: Na gut. Geh ich jetzt mal mit ihr in den Park oder durch die Fußgängerzone, bisschen reden

Sadmarco17: mach mal

Lostandlonely8: Bist du nachher noch on?

Sadmarco17: hab sonst nix vor

Lostandlonely8: Ok, leg ich wieder ne Nachtschicht ein, dann nervt mich wenigstens hier keiner

Sadmarco17: bis dann

Isa will nicht raus. Sie findet ihr Gesicht zu verheult. Die ganze Zeit sitzt sie auf ihrem Bett, schreibt in ihr Tagebuch oder starrt ihr Handy an, falls von Pascal doch noch etwas kommt. Ab und zu fragt sie mich, ob sie ihn anrufen soll. Ich sage nein.

Dann meldet er sich endlich, und Isa rennt mit dem Telefon aufs Klo.

Papa war wieder am PC und ist jetzt fertig.

»Ich geh Joggen«, verkündet er knapp.

»Es regnet doch«, wendet Mama ein. An der Wohnungstür stößt Papa beinahe mit Vivien zusammen. Er murmelt einen Gruß und schiebt sich an ihr vorbei. Seine eiligen Schritte entfernen sich nach unten.

»Lässt du mich rein?«, fragt Vivien.

Ich senke meinen Blick und gebe die Tür frei.

Vivien und ich sagen uns eigentlich immer alles. Es war klar, dass sie mich nicht einfach verschwinden lässt. Aber ich weiß nicht, ob sie verstehen würde, dass ich, seit Chris weg ist, nicht mehr dieselbe bin. Solange er bei mir war und wir fast alles zusammen gemacht haben, konnte ich alles um mich herum vergessen. Meine Zukunftsangst, meine Schüchternheit, die verkrampfte Atmosphäre zu Hause, die ich nicht durchblicken kann. Ich habe mir nie Gedanken darüber gemacht, dass es meistens Chris war, von dem alle Ideen ausgingen: was wir zusammen unternehmen können und zu wem wir Kontakt haben. Chris hat geredet, geplant, organisiert, und ich war dabei, meistens mit allem einverstanden, glücklich darüber, mit ihm zusammen zu sein. Jetzt ist er so weit weg. Nur im Chat ist es anders. Da sieht mich niemand.

»Ich komme nicht ganz mit«, bemerkt Vivien, als ich im Wohnzimmer versucht habe, ihr das alles zu erklären. »Dass du Chris vermisst, ist nichts Neues, aber glaubst du ernsthaft, das wird sich jemals bessern, wenn du dich hier einigelst?«

Ich hebe meine Schultern und merke, wie ihr bemühter Gesichtsausdruck in sich zusammenfällt. Zum ersten Mal spüre ich, dass wir einander vielleicht nicht nur ergänzen, sondern dass unsere Freundschaft auch Grenzen hat. Vivien kommt nicht mehr weiter mit mir, ich spüre selber diese Glaswand, die ich um mich herum errichtet habe, und kann nichts dagegen tun, will nicht. Wenn beim Chatten jemand an mir vorbeikommt, mir über die Schulter sieht, kann ich, sofern ich schnell genug bin, mit einem einzigen Mausklick meine geheime Welt unsichtbar machen, verstecken, bis ich wieder allein bin in meinem stillen, geruchlosen Raum. Im Chat bin ich wie unter einer Haube aus Panzerglas, niemand von außen kann mich treffen, nichts tut weh, ich muss nichts spüren, was ich nicht spüren will, niemand kann verschwinden und mich im Regen stehen lassen, weil es dort drinnen keinen Regen gibt. Verstohlen blicke ich auf die digitale Zeitanzeige auf meinem Handydisplay, es ist gerade siebzehn Uhr durch, um diese Zeit sind eigentlich alle online.

»Tja, dann«, sagt Vivien und schiebt ihren Stuhl zurück. »Dann verziehe ich mich jetzt mal. Wenn du doch Lust bekommst, mal wieder was zu unternehmen, melde dich einfach.« Sie steht auf und sieht mich an, so wie die Besucher meiner Eltern immer

schauen, mit denen sie noch nicht mal per du sind, unverbindlich, ein wenig scheu und froh, endlich gehen zu können. Ich nicke wortlos.
Meine Mutter kommt mit der Gießkanne ins Zimmer.
»Du willst schon gehen, Vivien?«, fragt sie. »Du hättest auch gerne noch zum Abendbrot bleiben können, ihr beide habt euch ja länger nicht gesehen.«
»Vielen Dank.« Vivien schüttelt den Kopf und gibt meiner Mutter die Hand. »Ein anderes Mal gerne, heute war ich nur zufällig in der Gegend und muss jetzt weiter.« Dann verabschiedet sie sich von mir, umarmt mich trotz allem. Viviens Duft würde ich unter tausenden wiedererkennen, frühlingshaftes Parfüm, bei dem mir immer junges, hellgrünes Gras einfällt. Ich bringe sie noch in den Flur. Als ich die Tür hinter ihr geschlossen habe, ist der Duft verflogen.
Mama hat jede meiner Bewegungen verfolgt, als hoffe sie, etwas darin zu lesen. Oder als würde sie gern etwas sagen. In meinen Ohren rauscht es, ich will an den Computer. Marco wartet auf mich, ich weiß es genau.

Lostandlonely8: So, bin wieder da
Cybergiirl: und, alles ok?
Lostandlonely8: Geht so. Und bei euch?
Sadmarco17: wie immer
Cybergiirl: hab ein schnäppchen gemacht: smartphone, kann jetzt auch ohne laptop surfen wherever I want :-D
Lostandlonely8: Glückspilz
Staubfee: Ich hab mein Zimmer aufgeräumt
D@rkness: Gepaukt, hab morgen Nachprüfung für meine Versetzung
Desireless: Vom Camping zurück – es war traumhaft mit meinem Schatz!! Danke noch mal, lostandlonely8
Lostandlonely8: Bitte, jederzeit wieder

Staubfee: Ihr bleibt also zusammen?
Desireless: Denke schon
Sadmarco17: lostandlonely8, gib mir die adresse auch mal ;-))
Lostandlonely8: Wieso – kommt Peggy nach Hause??
Sadmarco17: das war 'n scherz ;-))
Lostandlonely8: Schon gut
Jealuzzy: Also ist die Konkurrenz kein Thema mehr?
Desireless: Hoffe, dass es so bleibt
Staubfee: ich wünsche es dir
Desireless: Danke :-*
Sadmarco17: und sonst so?
Lostandlonely8: Von Chris kommt nix mehr, glaub ich ☹
Lostandlonely8: Die letzte Mail ist auch schon wieder ein paar Wochen her. Und da erzählte er von einem anderen Mädchen, mit dem er gerade rumreist
Jealuzzy: RUMREIST??? Dann läuft da auch was
Cybergiirl: ich sags ja immer, vergiss ihn
Sadmarco17: so einfach ist das nicht
Lostandlonely8: Ich weiß nicht ... als meine Schwester jetzt solchen Liebeskummer hatte, hab ich gesehen, wie unnötig man sich da kaputtmachen kann
Airwooolf: Ich bin noch zu haben! :P
Staubfee: Ich glaub nicht, dass lostandlonely8 das jetzt hören will
Lostandlonely8: Schon gut, der redet doch immer so
Sadmarco17: hast du die mail noch und kannst sie mal zeigen?
Lostandlonely8: Nee, hab ich gleich gelöscht
Cybergiirl: richtig so
Desireless: Hast du geantwortet?
Lostandlonely8: Noch nicht. Ich weiß nicht, was
Sadmarco17: wüsste ich auch nicht
Cybergiirl: dem kannst du nur noch ein schönes leben wünschen
Airwooolf: so isses
Lostandlonely8: Vielleicht muss ich ihn wirklich abhaken

Sadmarco17: ich meine freundin wohl auch. sie schreibt auch immer unpersönlicher

Jealuzzy: dann trefft ihr euch doch mal, Sadmarco17 und Lostandlonely8. Ihr versteht euch doch so gut

Airwooolf: Genau

Staubfee: Ich finde, das geht jetzt hier niemanden was an. Das ist Sache der beiden

Airwooolf: Bin ja schon still

Cybergiirl: ihr passt bestimmt supi zusammen ;-))

Lostandlonely8: Dazu sag ich jetzt nix

Sadmarco17: ich auch nicht. themawechsel: wie geht's deiner schwester jetzt? liebeskummer vorbei?

Airwooolf: Liebeskummer? Was ist das?

Lostandlonely8: Scheint so. Heute trifft sie sich wieder mit ihrem Schnuckel

Sadmarco17: na bitte

Lostandlonely8: Die zwei sind ja auch fast noch Kinder, die vertragen sich bestimmt schnell wieder

D@rkness: Leute, ich geh pennen. Muss für die Prüfung fit sein

Cibergiirl: bye, ich drück dir die daumen

Airwooolf: Die Hoffnung stirbt zuletzt

Desireless: Genau

*

Die ganze Zeit weiß ich, dass ich Bewerbungen schreiben müsste. Es sind noch lange nicht genug. Aber ich habe gerade fünf Fenster im Chatroom offen und schaffe es schon kaum, allen so schnell zu antworten, wie ich gern würde. Automatisch klicke ich auch die Website vom Jobcenter an und gehe auf »Ausbildungsplätze«, surfe durch verschiedene Berufe, gelangweilt. Ich war schon so oft hier, wenn ich mich auch nie wirklich darin vertieft habe. Neue Berufe werden so schnell nicht erfunden.

Tierarzthelferin, dafür braucht man kein Abitur. Eine Praxis am anderen Ende der Stadt gibt es noch, da könnte ich hinschreiben, damit ich heute Abend Papa etwas zeigen kann. Eilig kopiere ich die Adresse in mein gespeichertes Anschreiben. Aber die meisten Berufe sind wirklich nichts für mich, ich muss weiter nach Reisebüros suchen. Wie finde ich nur das Branchenverzeichnis aus unserer Gegend hier, das kann doch nicht so schwer sein? Oder doch weiter zur Schule gehen? Das Schuljahr hat zwar schon begonnen, aber wenn irgendwo noch ein Platz frei ist, könnte ich da vielleicht rein. Ich muss Bewerbungen schreiben oder mir Schulen raussuchen, beides.

Aber *D@rkness* schreibt, dass sie gerade am Heulen ist, weil sie die Nachprüfung für ihre Versetzung nicht bestanden hat. Ich versuche, sie aufzubauen. Marco will wissen, warum ich nicht zurückschreibe. Er hat mich gefragt, ob wir uns nicht wirklich mal treffen wollen. Ich weiß nicht, was ich antworten soll, weiß nicht, ob ich ihn treffen will. Warum eigentlich nicht? Nein, lieber doch nicht. Ich muss Bewerbungen schreiben. Mein Handy vibriert. Meine Mutter steckt den Kopf aus der Küchentür und bittet mich, die Wäsche zum Trocknen aufzuhängen, die sie heute früh noch gewaschen hat, davon habe ich gar nichts mitbekommen. Dann geht sie ins Bad, und kurz darauf höre ich die Dusche rauschen, komisch, sonst duscht sie morgens. Heute scheint die Sonne und es ist windig, da trocknet die Wäsche auf dem Balkon sicher schnell. Mit einem Laptop könnte ich auch auf dem Balkon sitzen. Marco wird ungeduldig, ich schreibe jetzt erst mal ihm, er ist mir hier am wichtigsten. Nicht so wichtig wie Chris es war und vielleicht immer noch ist, aber er ist für mich da, ich lasse ihn jetzt nicht hängen. Vielleicht treffe ich ihn. Isa fragt, ob ich auch eine Pizza will, sie schiebt sich eine in den Ofen. Marco schlägt ein Café in der Innenstadt vor. In einem anderen Fenster schreibt mir *D@rkness*, dass sie keinen Sinn mehr im Leben sieht. Ich habe die SMS von vorhin noch nicht gelesen. *Jealuzzy* hat schon wieder

Liebeskummer, ihr Freund hat auf einer Party mit einer anderen eng getanzt. Meine Mutter kommt aus dem Bad, ihre Haare unter einem Handtuchturban verborgen. Ich habe die Wäsche noch nicht aufgehängt. Marco fragt, ob ich überhaupt noch online bin, dabei sieht er es doch. Das Festnetztelefon klingelt.
»So fleißig bist du.« Ich zucke zusammen, habe gar nicht gemerkt, dass mein Vater zurück ist, doch inzwischen habe ich schon Routine darin, die Seite mit dem Chat zu minimieren.
Er beugt sich von hinten über meine Schulter. »Das ist meine Tochter, von nichts kommt eben nichts. Zeig mal.« Er zieht die Augenbrauen zusammen und geht dichter an den Bildschirm heran.
»Das Datum musst du korrigieren«, bemerkt er. »Wie kommst du bloß auf den 12. Juli? Wir haben bald Oktober, Anna.« Mit seiner Schulter schiebt er mich ein Stück zur Seite, dann stutzt er erneut. »Das ist ja … diese Firma hast du doch schon mal …« Er scrollt auf der Seite weiter nach unten, liest, klickt hier und da etwas an. Dann richtet er sich wieder auf und starrt mich an, mit rotem Gesicht. Seine Haare kleben ihm an den Schläfen, und sein Shirt ist vorne unter dem Hals völlig durchnässt. Heiß ist es draußen schon lange nicht mehr, bestenfalls mild.
»Erzähl mir jetzt nicht, dass du noch gar nichts geschrieben hast«, warnt er mich. Ich fahre mit dem Zeigefinger am unteren Rand der Tastatur entlang. Erst jetzt merke ich, dass ich nun richtig Hunger habe, und vor allem Durst. Die Pizza. Vorsichtig rolle ich mit dem Drehstuhl ein Stück nach hinten.
»Anna«, sagt Papa und packt mich an der Schulter. »Hast du den ganzen Tag hier gesessen und nicht eine einzige Bewerbung zustande gebracht? Erklär mir das, ich sehe hier nichts.«
»Ich bin fast verzweifelt, Papa«, antworte ich und sacke im Stuhl zusammen. »Einen Brief hatte ich beinahe fertig, hätte ihn nur noch ausdrucken müssen – und auf einmal war alles weg. Ich weiß auch nicht, wieso.«

Mein Vater seufzt.

»Bei *einer* Bewerbung, ja.« Er beginnt, im Flur auf und ab zu tigern. »Das weiß ich auch, dass man manchmal irgendeine falsche Taste drückt, und schon ist alles weg, und man kann es dann auch nicht mehr rückgängig machen. Ist mir auch schon passiert, das kennen wir alle. Aber wie lange sitzt du jetzt hier, Anna? Vier Stunden? Fünf? Oder noch mehr?«

»Seit halb elf ungefähr, glaube ich.«

»Halb elf«, wiederholt er. »Dann zeigst du mir jetzt mal, was du dir da die ganze Zeit reinziehst, mein Kind.« Er nimmt die Maus auf. Fieberhaft überlege ich, wie ich ihn loswerden kann, wenigstens kurz, um mich verabschieden zu können, und vor allem, um mit Marco zu vereinbaren, wann wir uns wieder am Bildschirm treffen.

»Das geht dich nichts an«, protestiere ich und drücke rasch eine Tastenkombination, die alle geöffneten Fenster schließt. »Ich habe mich mit ein paar Freunden ausgetauscht, das brauche ich einfach. Und ich will nicht, dass du das liest.«

»Mit Freunden ausgetauscht«, wiederholt er. »Sechs, sieben Stunden lang, Anna, ja? Das ist doch krank.«

»Ich habe nicht gemerkt, wie die Zeit verflogen ist.« Dass es mehr als neun Stunden waren und in der Nacht ebenfalls mindestens drei, muss er nicht wissen. »Dafür habe ich aber wertvolle Tipps von den anderen bekommen, die ich morgen gleich anwenden werde. Dann zeige ich dir meine Bewerbungen, versprochen.«

Er winkt ab und öffnet die Tür zum Bad. Ich höre nur noch, wie er sich kaltes Wasser aus dem Waschbecken ins Gesicht schaufelt.

3. Teil **Ausgeloggt**

... acht ...

Wieder ein Stapel Briefe im Postkasten, große Umschläge, also wieder Absagen. Ich glaube, inzwischen haben mir alle Firmen meine Bewerbungsunterlagen zurückgeschickt. Also muss ich nicht mehr warten, dafür aber wieder neue Mappen fertig machen. Bevor ich die Absagebriefe in meiner Schreibtischschublade verschwinden lasse, sortiere ich noch schnell die Post für meine Eltern aus, um sie auf den Küchentisch zu legen. Und dann sehe ich es.
Mittags ruft Mama meinen Vater auf dem Handy an, um ihm die Neuigkeit zu erzählen. Dass ich gesagt habe, das hätte bis abends Zeit, zählt für sie nicht.
»Ja, gleich morgen«, höre ich sie zwitschern. »Im Reisebüro in der Prinzenstraße, genau. Natürlich gehen wir alles noch mal durch. – Annas Rock war auch in der Reinigung, sicher, was denkst du denn? – Im Rollenspiel, gut, was fragen Personalchefs denn heutzutage so? Ich bin ja völlig raus aus dieser Materie, seit die Kinder da sind, meine Güte. – Ja, ich grüße sie von dir, aber heute Abend seht ihr euch ja noch. Bis dann!«
»Puuuh«, sagt sie, nachdem sie aufgelegt hat, und nimmt mich in die Arme. »Der hat sich vielleicht gefreut, das kannst du mir glauben. Jetzt ist es wichtig, dass du gut vorbereitet bist. Weißt du schon, was du zu dem dunkelblauen Rock anziehst?«
»Die weiße Bluse. Und meine schwarze Handtasche nehme ich mit.«
»Wir könnten noch Schuhe kaufen gehen«, schlägt Mama vor.
»Kann ich das nicht alleine machen? Ich bin schließlich kein Kind mehr.« Ich bemühe mich, nicht allzu genervt zu klingen.
»Meinetwegen«, seufzt sie. »Dann konzentrieren wir uns erst mal auf das Vorstellungsgespräch selbst. Es ist ja dein erstes. Wichtig ist vor allem, dass du pünktlich bist, Anna.«

»Das weiß ich. Vor lauter Aufregung bin ich bestimmt mindestens zwanzig Minuten zu früh da.«

»Besser als zu spät. Und dann setz dich ordentlich hin, nicht dass du dich so in den Stuhl fläzt wie an unserem Esstisch manchmal.«

»Mache ich doch gar nicht. Du hast zu Papa irgendwas von Rollenspiel gesagt. Was meintest du damit?«

»Genau.« Mama setzt sich an den Esstisch, den Rücken ganz gerade, sie schiebt mir einen Stuhl zurecht. Ich will nicht, würde lieber alles auf mich zukommen lassen, ohne dass sie sich einmischt. Sie soll mich nicht immer behandeln, als wäre ich unselbstständig und klein. Aber jetzt will sie mir nichts durchgehen lassen, ich kann nicht ausweichen. Sie setzt ihr »offizielles« Gesicht auf, das ich schon als Kind nicht mochte, es wirkt irgendwie länger als sonst. Ihre Augen sehen mich nicht mehr liebevoll an, sondern fordernd, beobachtend, angespannt, so ist auch ihr Mund, ihre Lippen werden ganz spitz und ihre Stimme ist höher als sonst, schriller. Ich weiß, dass Papa sie heute Abend fragen wird, ob alles klar ist; ob ich so gut vorbereitet bin, dass ich alle anderen Bewerberinnen mit Links aus dem Rennen schlage.

Ich setze mich hin und schließe ganz kurz die Augen, stelle mir vor, ich wäre wirklich im Büro meines vielleicht zukünftigen Chefs: Hinter mir liegen Urlaubsprospekte für den kommenden Winter aus, auch schon einige für den Sommer, aber jetzt werden Skireisen gebucht und Badeurlaube für Leute, die über Weihnachten und Silvester in die Sonne fliegen wollen; weit weg muss man reisen, um ein Meer mit einer angenehmen Badetemperatur zu finden, auf die Malediven oder Seychellen vielleicht. Ob Chris auch badet, dort, wo er jetzt ist? Und wie wird er überhaupt Weihnachten verbringen? Wenn ich den Job bekomme, muss ich ihm unbedingt schreiben. Zu meiner Nervosität – selbst vor dem gespielten Bewerbungsgespräch mit meiner Mutter! – mischt sich endlich, endlich auch eine Vorfreude, sehr sogar, sie beginnt mit

einem leisen Ziehen im Bauch und bahnt sich ihren Weg durch meinen ganzen Körper. Was Chris wohl sagen wird ... hoffentlich antwortet er schnell. Vielleicht bringt mich ihm das wieder näher, wenn er weiß, dass ich etwas mache, eine Aufgabe gefunden habe, die mich ausfüllt, nicht nur herumhänge, mich nach ihm sehne, einsam und unglücklich bin.
»Du konzentrierst dich nicht, Anna«, schimpft meine Mutter und klopft mit einem Kugelschreiber auf die Tischplatte. »Welche Fremdsprachen du sprichst, habe ich dich gefragt. Antworte bitte.«
Mit einem Ruck richte ich mich auf.
»Englisch«, japse ich, »darin habe ich solide Kenntnisse, in der Schule war es mein Lieblingsfach. Meine Aussprache hat unser Lehrer immer sehr gelobt. Und Französisch, allerdings nur zwei Jahre.«
»Was sind Ihre persönlichen Interessen?«
»Meine Interessen ...« Ich überlege. So auf die Schnelle fällt mir nicht viel ein. Interessiert es den Inhaber eines Reisebüros, dass ich bis vor ein paar Wochen in einem Freizeitchor gesungen habe und gerne im Internet chatte?
Meine Mutter knetet ihre Hände.
»Irgendwas musst du dir da aber einfallen lassen, Mädchen. Langweilig wirken solltest du da nicht.«
»Ich gehe gern mit dem Computer um. Im Schreiben bin ich schon richtig schnell geworden«, sage ich noch etwas zögerlich.
»Weiter. Das reicht noch nicht, Anna. Die suchen keine Sekretärin, sondern eine Reiseverkehrskauffrau.«
»So schlau bin ich auch«, motze ich. Sie nervt mich. So genau kann sie gar nicht wissen, was da gefragt wird, außerdem ist sie nicht mein Chef. Bestimmt führt sie sich nur so auf, weil Papa heute Abend noch mal alles genau wissen will, damit morgen nichts schiefgeht. Da will sie ihm was erzählen können. Sie hätte ruhig auch zwischendurch mal Interesse zeigen können. Erst sagt

sie immer, ich soll mich nicht verrückt machen, und jetzt spielt sie sich auf.

»Ich interessiere mich für andere Länder, so wie mein Freund, der gerade in Neuseeland ist«, spule ich also ab. »Vielleicht liegen mir deshalb auch Fremdsprachen so sehr.«

»Schon besser.« Meine Mutter lehnt sich zurück. »Und warum, glauben Sie, sollten wir gerade Sie einstellen und nicht eine andere Bewerberin? Was haben Sie denen voraus, warum sind Sie für unseren Betrieb besonders geeignet?«

Wieder fällt mir keine passende Antwort ein. Wenn Chris jetzt hier wäre, könnte er mir bestimmt super Tipps geben. Oder jemand von meinen Freundinnen und Freunden im Internet. Heute Abend muss ich unbedingt noch mal rein, jetzt wird es knapp. Mama zwiebelt mich hier weiter, danach muss ich Schuhe kaufen ... Aber ich werde mich beeilen. Marco kann mir bestimmt auch von seinen Bewerbungsgesprächen erzählen, oder *Jealuzzy*. Einen Ausbildungsplatz haben beide noch nicht.

»Anna«, mahnt meine Mutter. »Du bist nicht bei der Sache.«

»Ja, weil ich nicht weiß, was an mir besser sein soll als an anderen! Ich finde gar nichts besser, ich bin aufgeregt, ich weiß nicht, ob ich das morgen packe! Deine Fragen hier machen alles nur noch schlimmer, merkst du das nicht?«

»Doch«, sagt Mama. Jetzt hat sie plötzlich wieder ihre normale Stimme, nur ruhiger als sonst, ich sehe, wie sie in ihrem Stuhl ein wenig zusammensackt, tief ausatmet. Dann rückt sie näher zu mir heran und nimmt meine Hand.

»Dann sage ich es dir«, beschließt sie. »Ich finde eine ganze Menge besser an dir als an anderen Mädchen. Du bist sensibel, warmherzig, anderen Menschen zugewandt, anpassungsfähig und hilfsbereit. Einigermaßen gut Ordnung halten kannst du auch, dazu bist du musisch und sprachlich begabt. Du hast ein liebes, ausgeglichenes Wesen. Und hübsch bist du. Wenn du mich fragst, ich würde dich jeder anderen Bewerberin vorziehen.«

»Danke, Mama«, sage ich, nur wenig getröstet, und gebe ihr einen Kuss. »Aber ob das reicht? Sind das überhaupt die richtigen Eigenschaften für die Arbeit im Reisebüro?«

»Die meisten sicher«, bekräftigt meine Mutter. »Versuche, ein bisschen selbstbewusster rüberzukommen, dann klappt das schon.«

»Es *muss* klappen. Sonst kann ich Papa wohl kaum noch unter die Augen treten.«

»Oh doch, das kannst du.« Mama drückt meine Finger. »Er soll sich nur nicht vorstellen, es wäre ganz einfach, heutzutage eine Lehrstelle zu finden. Zu seiner Zeit sah das vielleicht anders aus. Wenn er allzu hart mit dir umgehen sollte, rede ich mit ihm.«

Eine Weile reden wir noch weiter, überlegen, was ich morgen sonst noch gefragt werden könnte. Mama wirkt jetzt auch etwas unkonzentriert, sieht zwischendurch aus dem Fenster, lächelt still vor sich hin. Dann wendet sie sich wieder mir zu.

»Die Firma«, fällt mir ein. »Warum ich gerade in dieser Firma arbeiten will. Das möchte der Chef bestimmt wissen.«

»Und? Was sagst du dann?«

Wieder zögere ich mit meiner Antwort. »Ich … hab mich noch nicht so richtig informiert«, gebe ich schließlich zu. »Bei so vielen Bewerbungen konnte ich ja nicht alles über jeden Betrieb auswendig lernen. Aber ich setze mich gleich noch mal an den Computer und schaue kurz im Internet nach, bevor ich Shoppen gehe. Die haben ja eine eigene Website, da kann ich mich schnell schlau machen.«

»Mach das.« Meine Mutter nickt und steht auf. »Ich lege dir noch Geld für Schuhe hin, du musst ja bald los. Ich will auch noch zur Post. Du machst das schon, Anna. Ich bin ganz sicher.«

Die Aufregung zieht wie verrückt in meinem Magen, als ich am nächsten Morgen aufstehe. Die Tüte mit meinen neuen schwarzen Pumps steht noch unberührt neben der Garderobe, wo ich sie gestern Abend einfach fallen gelassen habe. Vom Pizzaessen nach dem Shoppen war mir ein wenig übel, vielleicht war das Essen zu fett oder die Meeresfrüchte nicht mehr ganz frisch. Ich merke nicht mal genau, ob es jetzt besser ist.

Aus dem Bad höre ich meinen Vater, wie er sich die Zähne putzt. Ihn erkenne ich immer an den Geräuschen, während es sich bei Isa und meiner Mutter fast gleich anhört, vorsichtig, sanft, kreisend, ähnlich wie bei mir wahrscheinlich. Papa schrubbt seine Zähne, als müsse er einen Preis für die Zahl der Bürstenbewegungen gewinnen, oder für den Druck auf Zähne und Zahnfleisch. Seine Zähne sehen auch komisch aus, lang und durchsichtig, und manchmal benutzt er eine Mundspülung. Aus der Küche dringt das Gurgeln der Kaffeemaschine, aber ich will erst duschen, bevor ich mich anziehe und frühstücke.

Die Toilettenspülung rauscht, danach fast noch lauter der Wasserhahn, kurz darauf wird die Badezimmertür entriegelt. Mein Vater steht vor mir. Seine Haare hat er straff nach hinten gekämmt und trägt schon seine Arbeitsklamotten, den gelben Overall, den er an der Tankstelle immer anhat.

»Guten Morgen, Anna«, sagt er und gibt mir einen Kuss auf die Wange, das hat er schon eine Ewigkeit nicht mehr getan. »Na – Lampenfieber vor dem großen Tag?«

»Klar«, sage ich und nicke. »Drück mir die Daumen, Papa, ja?«

»Ehrensache. Gut, dass du endlich mal einen positiven Bescheid bekommen hast. Deine Mutter sagt, du hast alles im Griff.«

»Ich hoffe«, sage ich etwas piepsig. Meine Güte, bin ich nervös.

»Streng dich an«, bekräftigt er. »Heute musst du wirklich dein Bestes geben, dann klappt das schon. Aber auch nur dann. Ich muss los, ruf mich später an und sag, wie es gelaufen ist, versprochen?« Dann verabschiedet er sich, ohne meine Antwort abzuwarten.

Wir anderen drei sprechen wenig, während wir frühstücken. Ich bin erleichtert, als Mama verkündet, sie werde Isa zur Schule fahren. So habe ich noch etwas Zeit für mich. Sobald sie weg sind, nehme ich mein Frühstücksgeschirr mit in den Flur und schalte den PC an, warte ungeduldig, dass er endlich hochfährt. Als ich gestern vom Shoppen zurückkam, konnte ich gar nicht mehr online gehen. Die ganze Zeit habe ich mich beobachtet gefühlt, es schien, als werfe Papa mir dauernd warnende Blicke zu, ich möge ja zeitig genug schlafen, um zum Vorstellungsgespräch ausgeruht zu sein. Dabei vertreibt meine Nervosität ohnehin jede Müdigkeit. Nur ganz kurz noch chatten und dabei zu Ende frühstücken. Das wird mich ein wenig entspannen, und vielleicht kann ich mir noch ein paar liebe Worte mit auf den Weg geben lassen. Mit fliegenden Fingern tippe ich mein Passwort ein.

Ich habe es gewusst, Marco ist online, und acht meiner anderen Freundinnen und Freunde auch noch. Ich will wirklich nicht lange chatten. Aber eine halbe Stunde habe ich auf jeden Fall noch. Eine halbe Stunde, die mir keiner nehmen kann.

...

Sadmarco17: wir könnten uns eigentlich wirklich mal treffen
Lostandlonely8: Könnten wir
Sadmarco17: auf wen sollten wir rücksicht nehmen? ist eigentlich quatsch
Lostandlonely8: Ok, was wollen wir machen? Und wann? Müsste jetzt eigentlich los
Sadmarco17: schlag was vor
Lostandlonely8: Weiß nicht. Ins Kino vielleicht?
Sadmarco17: kommt drauf an, welcher film
Lostandlonely8: Willst du einen aussuchen?
Sadmarco17: ich steh am meisten auf actionfilme. du vielleicht nicht so
Lostandlonely8: Hast recht. Wir können auch was anderes machen. Einfach nen Hamburger essen gehen oder so
Sadmarco17: ok, auch gut

Lostandlonely8: Wir können uns ja vorher noch mal texten, vielleicht fällt uns noch was Besseres ein
Sadmarco17: geht klar
Sadmarco17: wo musste denn jetzt hin?
Lostandlonely8: Hab ich doch geschrieben. Vorstellungsgespräch im Reisebüro
Sadmarco17: ach ja. drück dir die daumen
Lostandlonely8: Danke, kann ich gebrauchen
Sadmarco17: und?? bist du aufgeregt?
Lostandlonely8: Im Moment geht's. Ich mach mich dann mal auf die Socken

Ich klicke das Fenster von *Sadmarco17* weg, räume hastig mein Geschirr in die Küche und will gerade die Website schließen, als im Chat noch eine Nachricht vor meinen Augen aufploppt.

Jealuzzy: hallo, wie geht's euch? Muss euch unbedingt was erzählen
Lostandlonely8: geiiil ... muss aber leider gleich los zum Vorstellungsgespräch ...
Sadmarco17: wann musst du da sein?
Lostandlonely8: Um 10.30 h
Cybergiirl: ist ja noch viiiel zeit. keine hektik
Jealuzzy: Kommt auf den Weg an. Hast du es weit?
Lostandlonely8: Drei Stationen mit der U-Bahn und dann in den Bus umsteigen, noch mal sechs Stationen, dann vielleicht 7 Minuten Fußweg
Cybergiirl: das schaffst du locker. was gibts denn, jealuzzy?
Jealuzzy: hab gestern jemanden kennengelernt. Einen ganz süßen Typen, 18 Jahre alt, dunkelblond, groß, die tollsten grünen Augen der Welt ... und steht auf mich
Cybergiirl: wow, klingt gut ... aber was ist mit deinem Freund?
Sadmarco17: ganz einfach. jetzt wird ER mal eifersüchtig sein

Lostandlonely8: Hast du dich denn wirklich verliebt?
Jealuzzy: weiß noch nicht genau. Ich muss immer an ihn denken
Lostandlonely8: Hat dein Freund was gemerkt?
Jealuzzy: wir haben uns seit Tagen kaum gesehen
Cybergiirl: naja, läuft ja schon länger nicht wirklich gut mit euch beiden
Sadmarco17: wie bei uns allen hier
Jealuzzy: Aber ich kann euch doch trotzdem noch schreiben, wenn sich da jetzt was anbahnt, oder ;-)??
Lostandlonely8: Na hör mal, logisch
Cybergiirl: erzähl doch mal mehr! wo hast du ihn denn kennengelernt?
Jealuzzy: wo schon – im Chat natürlich
Cybergiirl: natürlich. da findet man ja auch die coolsten leute. und weiter?
Jealuzzy: naja, wir interessieren uns beide fürs Tanzen. So sind wir ins Gespräch gekommen. Er ist Bezirksmeister seiner Altersklasse in Standardtänzen und Formation
Lostandlonely8: Wow, nicht schlecht
Sadmarco17: kannst ja mal mit ihm tanzen gehen
Jealuzzy: Witzbold, ich weiß nicht mal, ob er hier irgendwo wohnt
Lostandlonely8: Apropos gehen: Scheiße, ich muss ja los
Sadmarco17: ach ja
Jealuzzy: sorry, hab dich abgelenkt, wie?
Cybergiirl: passiert mir auch dauernd. keine panik
Lostandlonely8: Bin ja selber schuld. Muss also jetzt off, drückt mir die Daumen, bis bald!
Sadmarco17: melde dich hinterher unbedingt und erzähl, wie es gelaufen ist!
Lostandlonely8: Mach ich. Bis dann, ciao

Der Bus steht und steht. Der Fahrer hat sogar den Motor ausgeschaltet. Genau jetzt müsste ich beim Reisebüro sein. Zwei Busse

früher, und ich hätte es locker geschafft. Verkehrsprobleme muss man einkalkulieren. Viel kann ich durchs Fenster nicht sehen, aber vor uns stehen mindestens noch zehn Autos, dann erst die Ampel, rot, grün, wieder rot, wieder grün, ohne dass etwas passiert. So geht das schon seit einer Ewigkeit – zumindest kommt es mir so vor. Hinter mir stöhnt ein Mann genervt auf. Eine ältere Frau, die ihre Einkaufstausche neben sich auf den Sitz gestellt hat, blickt bestimmt schon zum fünften Mal auf ihre Armbanduhr. Irgendjemand ruft nach hinten, an der Kreuzung habe es gekracht. Der Busfahrer verkündet durch den Ansagelautsprecher, die Weiterfahrt würde sich noch verzögern. Wer kann, solle besser aussteigen und zu Fuß weitergehen. Ich müsste noch vier Stationen fahren. Zu Fuß ist das ein ganzes Stück.
Mit einem Zischen springt die Tür auf, ich klemme meine Tasche unter den Arm und stürme los. An der Ecke sehe ich den Unfallort, zwei ineinander verkeilte PKWs, ein Mann lehnt am Straßengeländer und reibt sich den Kopf. Die Polizei ist schon da, und eine Traube von Schaulustigen versperrt dem Krankenwagen den Weg, unvermittelt dröhnt das Martinshorn dicht neben meinen Ohren und zerfetzt mir beinahe den Kopf. Ich versuche, mir einen Weg durch die Menschenmenge zu bahnen. Es ist wie in dem Traum, über den wir uns neulich im Chat unterhalten haben, dieser Traum, in dem man immer versucht zu rennen, zu fliehen, doch die Füße kleben am Boden und man kommt nicht vorwärts, so sehr man es auch versucht. Schon jetzt bricht mir der Schweiß aus. Ich sehe nicht mal die nächste Bushaltestelle. Drei muss ich danach noch finden, und dann ist es immer noch ein Stück die Nebenstraße entlang.
Meine weiße Bluse ist unter den Achseln nass, als ich endlich am Ziel bin. Mein Termin zum Vorstellungsgespräch ist vor dreiundzwanzig Minuten verstrichen.
»Einen guten Eindruck macht das nicht.« Die Frau hinter dem Tisch rückt ihre Brille bis ganz nach vorn auf die Nasenspitze,

nachdem ich mich dreimal entschuldigt habe, mit heißem Gesicht, die Haare bestimmt zerzaust. Mit den neuen Schuhen bin ich aus Versehen in einen Hundehaufen getreten. Der Gestank war schon draußen schlimm genug, aber hier im Raum breitet er sich sofort überall aus. Auf dem Fußabtreter hat sich eine Spur gebildet. Ich sollte wieder gehen, das wäre das Beste.

»Warum sollte ich jetzt noch das Bewerbungsgespräch mit Ihnen führen, Frau Laubach? Wie wichtig Ihnen die Stelle ist, weiß ich ja nun.« Sie nestelt an ihrem Namensschild am Kragen, Frau Meybert steht darauf, an sie war mein Schreiben adressiert.

»Sie ist mir wichtig«, stoße ich hervor, noch immer außer Atem. Ich will das in den Griff bekommen, nicht so eine lächerliche Figur abgeben. »Sonst wär ich doch nicht gekommen, obwohl der Bus hoffnungslos im Stau stand.« Was rede ich nur für einen Unsinn, ich sollte flüchten. Und heute Abend fragt mein Vater dann, wie es gelaufen ist.

Ich spüre, dass ich mit den Tränen kämpfe. Alles ist so verdreht. Noch immer stehe ich in der Tür, ziehe sie schon ein Stück auf, der Gestank ist unerträglich. So kann ich jetzt kein Gespräch führen. Ich würde immer an diesen Moment zurückdenken, diesen Augenblick, in dem ich mir fast wünsche, nie geboren zu sein. Ich wende mich ab.

»Warten Sie mal.« Frau Meybert zieht die Schublade ihres Schreibtisches auf, holt meine Unterlagen heraus und legt sie auf den Tisch. Mit der flachen Hand schlägt sie darauf.

»Das hier war ja gar nicht so schlecht, sonst hätten wir Sie nicht eingeladen. Ich schlage vor, Sie setzen sich jetzt erst mal hin und atmen durch, und dann unterhalten wir uns ein bisschen.« Sie wirft einen Blick auf ihre Armbanduhr. »Der Chef ist natürlich längst gegangen. Sie können sich denken, dass wir nicht auf unpünktliche Bewerberinnen warten. Nicht wenn wir 47 Anschreiben haben, aber nur einen Ausbildungsplatz zu vergeben.«

»Natürlich.«

»Bitte.« Frau Meybert deutet mit der Hand auf den Besucherstuhl. »Jetzt atmen Sie erst mal tief durch. Kaffee gefällig?«

Und dann fragt sie mich. Genau die Fragen, die ich mit meiner Mutter durchgegangen bin. Ich wusste gestern schon nicht auf alles eine Antwort. Heute geht gar nichts mehr. Frau Meyberts Stimme rauscht an mir vorbei wie das Fahrgeräusch einer S-Bahn, die man jeden Tag hört und irgendwann nicht mehr wahrnimmt.

»Frau Laubach?«, spricht sie mich wie durch einen Nebel an. Ich bin nicht hier, das bin alles nicht ich.

»Frau Laubach, Sie müssen mir schon irgendeine Antwort geben. Denken Sie nach, irgendein Interessengebiet wird Ihnen schon einfallen.«

Ich schweige, starre auf meine Fingernägel, vielleicht hätte ich sie noch mal feilen sollen, ehe ich hergekommen bin.

»Gut, dann frage ich anders.« Die Stimme von Frau Meybert, angespannt. »Was reizt Sie daran, anderen Leuten Urlaubsreisen zu verkaufen?«

Gar nichts. Chris. Wegen ihm habe ich mir das ausgedacht. Prospekte mit Bildern aus Neuseeland wälzen. An ihn denken. Viel sieht man in den Reisekatalogen nicht. Hotels von außen und innen, schöner als in Wirklichkeit, die menschenleeren Pools bei Sonnenaufgang, wenn die Leute noch nicht mit ihren Handtüchern die Liegen belegt haben. Mit Chris und seiner Abenteuerlust hat das gar nichts zu tun, er ist so weit weg. Genau wie ich. Es kommt mir vor, als ob ich Stunden hier zubringe. Es passiert nichts. *In* mir passiert nichts. Ich habe hier nichts verloren.

»So kommen wir nicht weiter.« Frau Meybert klappt meine Bewerbungsmappe zu und legt ihren Kugelschreiber weg. »Gern hätte ich Sie noch ein zweites Mal eingeladen, zu einem anderen Termin, wenn auch der Chef da ist. Aber so wird das nichts. Ich habe nichts, was ich ihm über Sie berichten könnte. Da gibt es ganz andere junge Mädchen, die lecken sich die Finger nach so einem Ausbildungsplatz.«

Ich stehe wieder auf der Straße, reibe meinen Schuh an einem Grasbüschel, viel bringt es nicht. Die Bewerbungsmappe klemmt unter meinem Arm, in die Handtasche passt sie nicht rein. Zu Hause nehme ich das Blatt mit dem Anschreiben raus, am PC muss ich nur wenig ändern, wenn ich mich wieder bewerbe, nur die Firmenadresse, und dann noch mal alles durchgehen, ob der Brief auch für eine andere Firma stimmig ist. Meine Mutter hat gesagt, zu ihrer Zeit gab es nur die Schreibmaschine und weiße Korrekturflüssigkeit, da war es nicht so einfach, etwas zu ändern, alles musste sauber aussehen. Neu bewerben hieß neu schreiben. Heute haben wir es leichter, das muss doch alles wie von selbst gehen. Das sind Papas Worte.

Zu Hause ist niemand, ein Glück. Niemand am Computer. Ich muss jetzt mit irgendjemandem sprechen, schreiben, das ist ganz egal. Hauptsache es ist jemand da, holt mich raus aus dieser unwirklichen Welt, die meine Zukunft sein sollte und nur aus einem Stau, dem Gestank nach Hundehaufen und dem korrekten Kostüm von dieser Frau Meybert besteht. Nichts, was mit mir zu tun hätte, alles eine Kunstwelt, Hochglanzprospekte, fremd und fern von mir.

Marco ist online, und ich habe sieben neue Freundschaftsanfragen. So schlecht ist der Tag also nicht.

Vier Tage später ist der Brief von Frau Meybert da. Ich öffne ihn erst am späten Nachmittag, kurz bevor mein Vater nach Hause kommt. Sofort hängt er sich ans Telefon. Das Reisebüro hat noch auf. Am liebsten würde ich abhauen, er macht alles nur noch schlimmer. Ich bin kein Kind mehr, das seine Hausaufgaben nicht gemacht hat. Eine Hilfe ist er mir so nicht.

»Zu spät gekommen«, sagt er und nickt, fährt sich mit der Hand übers Gesicht. »Ein Blackout. – Natürlich hatten Sie noch andere

Bewerberinnen. – Die Richtige gefunden. Da kann man nichts machen. – Ja, die Grüße richte ich ihr gern aus. Vielen Dank.« Dann verabschiedet er sich. Nachdem er aufgelegt hat, steht er vom Drehstuhl auf, die Rückenlehne stößt im Schwung gegen den Computertisch.

»Du hattest doch Zeit«, sagt er. Seine Stimme matt, ohne Aggressionen, er weiß nicht mehr weiter mit mir. »Andere schreiben ihre Bewerbungen nebenbei, nachmittags und abends, nach der Schule. Oder sie jobben und suchen parallel nach einem Ausbildungsplatz. Du wirst von uns zu nichts gezwungen, Anna, kannst dich ganz darauf konzentrieren, an deiner Zukunft zu basteln. Du bist doch die meiste Zeit des Tages ungestört, hast alle Zeit der Welt, dich in Ruhe auf einen Vorstellungstermin vorzubereiten. Deine Mutter ist alles mit dir durchgegangen, sie war so glücklich, dass du endlich einmal eingeladen wurdest. Wie erklärst du uns das, Anna? Wie?«

»Ich weiß es nicht«, antworte ich, beinahe flüsternd. Versuche, ihm von dem Stau zu erzählen. Dem Unfall auf der Busstrecke. Er presst die Lippen zusammen, schüttelt den Kopf. Wir beide wissen, dass das keine Entschuldigung ist.

»Wie soll denn das weitergehen, kannst du mir das vielleicht sagen?« Mein Vater steht auf, geht mit langen Schritten im Flur auf und ab, bleibt stehen und sieht mich an, geht weiter. »Ich arbeite den ganzen Tag an der Tankstelle, deine Mutter umsorgt Isa und dich, liest euch jeden Wunsch von den Augen ab. Du hast kaum Verpflichtungen, musst nicht einmal groß im Haushalt helfen, obwohl du das sehr wohl könntest. Wir erwarten nichts weiter von dir, als dass du dich auf deinen Hosenboden setzt und dich um einen Ausbildungsplatz bemühst. Andere schaffen das doch auch, Anna. Ich begreife das nicht.«

Die Wohnungstür wird aufgeschlossen, meine Mutter kommt rein. Heute ist es kühl draußen, sie hat ihren hellgrauen leichten Mantel an, ein modisches Tuch um die Schultern geschlungen.

Ihre Wangen sind von der frischen Luft gerötet, und sie war beim Friseur, der Duft nach Haarlack und Glanzspray haftet ihr noch an. Als sie uns sieht, erlischt das Strahlen in ihren Augen. Die aufwändig geföhnten Locken verleihen ihr etwas Fremdes, Strenges. Alleine bekommt man die Frisur nie so hin.

»Wieder eine Absage?«, fragt sie. Ich nicke. Mein Vater mustert sie schweigend, während sie ihren Mantel an der Garderobe aufhängt, mir kurz übers Haar streicht, einen Blick zu Isas und meinem Zimmer wirft, die Tür dort ist geschlossen. Die Stimme des Leadsängers von Isas Lieblingsband dringt zu uns auf den Flur, schmerzerfüllt. Lieber will ich mit Mama allein über alles reden, doch sie geht ins Bad. Mein Vater bleibt im Flur stehen, die Arme vor der Brust verschränkt. Es gibt kein Entrinnen mehr.

»Schade«, sagt meine Mutter, als sie wieder vor uns steht. »Dieses Mal hätte ich auch gedacht, dass es klappt.« Aus ihrer Handtasche zieht sie ihr Handy, wirft einen Blick darauf. »Das ist wirklich Pech.«

»Pech?«, wiederholt Papa. »Sag mal, wo hast du denn deine Gedanken, Manuela? So langsam ist das eine Katastrophe, kein Pech mehr! Deine älteste Tochter hat endlich einmal eine Bewerbung tipptopp hinbekommen, wurde zum Vorstellungsgespräch eingeladen, setzt den Termin in den Sand, und dir fällt nichts Besseres ein, als zu sagen, es wäre *Pech*?«

»Es lässt sich doch nicht mehr ändern, Lutz«, erwidert sie. »Wir müssen es eben weiter versuchen, irgendwann wird es schon mal klappen. Ich schlage vor, ich mache jetzt mal Abendbrot, und dabei entwerfen wir einen neuen Schlachtplan. Jetzt stecken wir doch nicht den Kopf in den Sand, oder, Anna? Jetzt gerade nicht.«

»Ich wollte nach dem Essen sowieso noch an den Computer«, sage ich lahm. »Dann schreibe ich gleich wieder ein paar Firmen an.«

»Ein paar Firmen. Wenn ich das schon höre!« Papa wirft seine

Arme in die Luft. »Das habe ich mir nun wirklich lange genug angesehen. Den Teufel wirst du tun, Anna, und das weißt du genauso gut wie ich. Jedes Mal, wenn du am Computer sitzt, bist du nur dabei, mit irgendwelchen Idioten Belanglosigkeiten auszutauschen. Stundenlang, egal ob tagsüber oder nachts. Nein, widersprich nicht, ich weiß es ganz genau, oft genug liege ich nachts wach und höre dieses ewige, nervenzermürbende Klackern auf der Tatstatur. Gesehen habe ich es doch auch längst, oft genug. Das ist doch nicht mehr normal, Anna. Guck dich doch an, wie blass du bist, richtig dunkle Ringe hast du unter den Augen, kein Wunder, dass dich niemand einstellen will. Du vernachlässigst dich, gehst kaum noch raus, verschanzt dich immer nur hinterm Bildschirm. Dabei siehst du nicht mal aus, als ob dir das besonders viel Spaß macht. Dieses sinnentleerte Bla Bla, da wird man doch vom Zusehen schon wahnsinnig. Das ist doch nicht mehr normal, das ist doch schon Sucht!«

Sucht. Das Wort hängt im Raum, schwebt zwischen uns wie ein Urteil. Es ist so ungerecht, er hat überhaupt keine Ahnung, was mir das Chatten bedeutet! Ich hole Luft und will etwas antworten, gleichzeitig weiß ich, dass es keinen Sinn hat. Papa öffnet den obersten Knopf an seinem Hemd, er hat sich in Wut geredet, will noch etwas sagen, doch Mamas Handy klingelt, sie geht ran und verschwindet in der Küche, sie will sowieso Abendessen machen. Sonst lässt sie dabei die Tür immer offen. Heute nicht. Jetzt klingelt auch noch das Festnetztelefon, Papa geht ran.

»Für Isa«, sagt er und reicht mir das schnurlose Gerät. »Bring du's ihr. Ich muss mal an die frische Luft.« Er stürmt raus auf den Balkon. Ich beeile mich, mit dem Telefon zu Isa zu kommen. Vielleicht kann ich danach noch kurz an den PC.

Im ersten Augenblick sehe ich Isa gar nicht. Nur die Musik, die das ganze Zimmer erfüllt, klingt noch verzweifelter als vorhin. Doch dann nehme ich eine Bewegung von ihrem Bett aus wahr, ein Arm schiebt sich unter der Decke hervor, ihre Hand lässt ein zerknülltes Papiertaschentuch auf den Teppichboden fallen. Mit einem Satz bin ich neben meiner Schwester, packe sie an den Schultern, drehe sie um. Ihre Wimperntusche zieht sich in schwarzgrauen Schlieren über das ganze Gesicht, die Nase ist rot, die Lippen und Augenlider sind geschwollen. Sie muss schon lange geweint haben.

»Isa«, flüstere ich, setze mich auf ihre Bettkante und schiebe meinen Arm unter ihren Rücken, versuche sie aufzurichten, damit sie sich an mich lehnen kann. »Isa, Süße, was ist denn passiert?«

... neun ...

Isas Tagebuch, Montag, den 15. Oktober

Liebes Tagebuch,
ich bin total verzweifelt. Pascal hat mit mir Schluss gemacht. Ich weiß überhaupt nicht, wie es jetzt weitergehen soll.
Er war ja in den letzten Tagen schon etwas komisch zu mir, wollte kaum noch was mit mir allein unternehmen und behandelte mich wie Luft, sobald seine Freunde dabei waren. Jetzt hat er auf einmal gesagt, dass er doch nicht so der Beziehungsmensch sei und lieber wieder Single wäre. Er fühlt sich durch mich eingeengt. Dabei habe ich mich immer bemüht, dass ich nicht so klammere, wie Anna das bei ihrem Chris getan hat. Ich verstehe das alles nicht. Am Anfang hat er sich doch so um mich bemüht, dauernd angerufen und SMS geschickt. Wir hatten so eine schöne Zeit zusammen, er war immer so zärtlich, und wir hatten doch auch Spaß. Nie war es auch nur eine Minute langweilig zwischen uns, ihm doch auch nicht, das habe ich gemerkt. Er wirkte so glücklich. Aber als er mir vor einer halben Stunde am Handy gesagt hat, es sei aus, war er so kalt. So als ob er alles, was zwischen uns war, schon lange abgehakt hat, bevor er es mir sagte. Soll das zwischen uns nur eine Sommerliebe gewesen sein, die ihm jetzt egal geworden ist? Hat es ihm nichts bedeutet?
Ich würde so gern mit Anna reden, ihr alles anvertrauen. Ich glaube, sie ist schon ein wenig über Chris hinweg, vielleicht kann sie mir verraten, wie sie das angestellt hat. Aber Anna ist dauernd am Chatten, wie üblich. Neulich hat sie mir ganz stolz erzählt, dass sie im Internet jetzt 47 Freunde hat. Vorher hatte sie vielleicht sechs oder sieben gute Freunde, Chris und die Clique um Vivien herum eben. Leute, mit denen sie sich getroffen hat. Vivien war schon lange nicht mehr hier.
Und ich konnte ihr bisher noch nicht mal richtig von mir und Pascal

erzählen. Sie weiß zwar, dass es ihn gibt, aber nur so nebenbei, und nachgefragt hat sie auch nie. Wenn ich jetzt sage, dass es mit ihm schon wieder vorbei ist, kommt von ihr bestimmt nicht mehr als ein Schulterzucken, weil sie gar nicht gemerkt hat, wie verliebt ich war. Tolle Schwester.
Deine Isa

Mein Kopf dröhnt, ich habe das Gefühl, als ob die Wände unseres Zimmers immer näher kommen. Meine Schwester sieht aus wie ein Vampir, die Augen leer, die Mascara schwarz verlaufen. Sie wischt nichts weg, steht nicht auf, um sich das Gesicht kalt abzuspülen, jetzt wo ich da bin, um sie zu trösten. Isas ganzes Gesicht besteht nur noch aus diesen Augen, wie Glas, der Mund schmerzlich verzogen. Noch immer fest in ihre Daunendecke gerollt, lässt sie sich einfach vom Bett auf den Boden fallen, gekrümmt liegt sie da, aus ihrem Heulen ist ein verzweifeltes Wimmern geworden.
Und ich habe nichts bemerkt.
»Isa«, bringe ich leise hervor und versuche, sie umzudrehen. Sie macht sich steif. Die Zimmertür steht noch offen, ich will nicht dass jemand von unseren Eltern hereinkommt, nicht gerade jetzt. Wahrscheinlich bin ich für Isa schon zu viel, mehr als sie ertragen kann. Aber allein lassen kann ich sie auch nicht. Sie macht sich steif, ich kann sie nicht bewegen, ihr Gesicht gräbt sich noch tiefer in die Decke, die Schultern beben, ab und an zuckt der ganze Körper, wenn sie aufschluchzt.
»Sag doch was, Isa. Sag mir doch, was passiert ist, bitte.«
Isa rührt sich nicht, hebt nicht ihr Gesicht an, wimmert leise.
»Sag doch was, irgendwas, Isa, bitte«, flehe ich sie noch einmal an.
»War in der Schule was los, hat dich jemand gemobbt, hast du eine Arbeit verhauen, oder ist was mit Pascal?« Ich streiche ihr übers Haar, sie schiebt meine Hand weg. »Sag doch was, bitte.«
Ich spüre, wie meine Hilflosigkeit wächst, sie sperrt sich so, macht vollkommen dicht, dabei ist jeder ihrer Atemzüge ein einziger

Hilfeschrei. »Isa, bitte. Wie soll ich dir denn helfen, wenn du nichts sagst. Es gibt für alles eine Lösung, du kannst mir doch vertrauen, bitte sag doch was. Isa.«

Sie reagiert nicht. Ich weiß nicht mehr, was ich tun soll, aber auf keinen Fall meine Eltern holen. Irgendwie spüre ich, dass sie die Letzten sind, die Isa jetzt sehen will. Keiner von denen bekommt doch mit, was wirklich mit uns los ist. Aber sogar mir gegenüber macht Isa dicht. Einen Augenblick lang überlege ich, was ich tun kann. Dann setze ich mich neben sie auf den Boden, lehne mich gegen den Bettpfosten und lege meine Hand auf ihre Schulter, ganz leicht nur. Am Fußende entdecke ich das Telefon – achtlos von mir abgelegt – an dem irgendwo jemand darauf wartet, mit Isa sprechen zu können. Das geht jetzt nicht. Ich drücke die Taste mit dem roten Hörer und lege es weg.

Nach einer Weile ebbt ihr Schluchzen ab. Weich und schlapp liegt Isa auf dem Boden, eine Hand an den Lippen, erschöpft wie ein Baby, das lange nach Milch geschrien hat und sich nun am Daumen in den Schlaf nuckelt. Ihre nassen Wimpern sind fast geschlossen, ich warte noch ein bisschen. Immerhin schickt sie mich nicht weg, vielleicht will sie reden.

Während ich bei Isa bleibe, schweifen meine Augen durch den Raum, der unser gemeinsames Zimmer ist, solange ich zurückdenken kann. Meine Schwester und ich. Viel Platz hatten wir nie, aber jede von uns besitzt neben ihrem Bett einen eigenen Bereich, den sie gestalten kann, wie sie will. Zum Glück sind wir uns, was das betrifft, nie ins Gehege gekommen – zumindest in den letzten Jahren nicht mehr. Über Isas Bett und an ihrem Kleiderschrank hängen romantische Fotos von Sonnenuntergängen am Meer, ein paar Bilder ihrer Freundinnen und eine ihrer eigenen Bleistiftzeichnungen, von Michelangelos Davidsstatue, für die sie in der Schule eine Eins bekommen hat. Bei mir sieht es nicht viel anders aus. Meine große Korkpinnwand gleicht einem Album aus meiner Zeit mit Chris, eine Sammlung aus Fotos, Eintrittskarten,

Briefen, Zetteln, Busfahrkarten, Kaugummipapier und anderen Andenken. Unsere Betten haben Isa und ich jede mit zahlreichen Kissen aus verschiedenen Stoffen und Mustern dekoriert. Ein Wandregal mit Kerzen und Muscheln verleiht dem Zimmer ein wenig Urlaubsflair. In der Adventszeit weichen die maritimen Gegenstände stimmungsvollen Tannengestecken, Lichterketten, die wir überall im Zimmer aufhängen, und weihnachtlichen Kerzenhaltern.

Der einzige Streitpunkt in unserem Zimmer ist der Schreibtisch, einer passte nur hinein, und der ist immer voll. Vielleicht wäre es besser, wir hätten ein Etagenbett oder ein Hochbett mit einem Schlafsofa oder Arbeitsplatz darunter, das würde erwachsener wirken als unsere Einzelbetten, die mit den Kopfenden aneinander grenzen. Ich könnte mit Mama darüber reden. Aber so ein Umbau kostet Geld. Ein eigener Laptop wäre mir wichtiger.

Isa regt sich, fast habe ich gedacht, sie wäre schon eingeschlafen. Sie streckt sich und wendet ganz langsam ihr Gesicht nach oben, sieht mich an. Ihre Augen sind rot und verschwollen, sie wirkt zerbrechlich mit der verlaufenen Mascara, dem zerzausten Haar, den schmalen Fingern, die sie jetzt nach mir ausstreckt. Ganz sachte drücke ich ihre Hand, versuche ein aufmunterndes Lächeln, dann huscht mein Blick zur Tür, wo ich eine Bewegung wahrgenommen habe. Ich will immer noch nicht, dass unsere Eltern sich hier einmischen, am allerwenigsten Papa. Das mit der Sucht sitzt wie ein Widerhaken in mir. Das hätte er nicht sagen dürfen.

Als ich mich wieder Isa zuwende, sehe ich es plötzlich. Das Foto von ihr und Pascal, es ist noch nicht lange her, dass sie es mir gezeigt hat, voller Stolz, vom Handy ausgedruckt. Sie wollte es noch laminieren, damit die Oberfläche nicht kaputtgeht, wenn sie ihre Lippen so oft daraufdrückt. Dazu ist es nicht gekommen. Das Bild liegt in Fetzen neben Isas Kopf, ein Riss geht mitten durch Pascals Gesicht, einer durch Isas.

»Es ist aus«, formen ihre Lippen, die Stimme fast nicht hörbar,

aber ihre Augen schimmern gleich wieder feucht. »Pascal hat Schluss gemacht.«
»Heute, bevor du nach Hause gekommen bist?«, frage ich zurück.
Isa nickt, ihr Mund verzieht sich erneut zum Weinen. Dann fängt sie sich doch wieder und richtet sich halb auf.
»Erzähl mal«, sage ich leise und ziehe vorsichtig meine Hand weg. »Sag mir, wie das passiert ist. Vielleicht kann ich dir helfen, ein wenig klarer zu sehen. Hat er eine andere?«
Isa hebt die Schultern.
»Er hat gesagt, er ist doch nicht so ein Beziehungsmensch. Aber Eleni hat ihn gestern im Kino gesehen. Mit einem Mädchen.«
»Immer das Gleiche«, seufze ich und starre an die Decke. Denke an Chris. An Chris, der für mich auch die erste Liebe war, so wie jetzt Pascal für meine Schwester. Wegen dem ich ebenso verzweifelt war wie jetzt sie. Vielleicht habe ich nicht so heftig geweint, aber das macht keinen Unterschied. Ich will nicht, dass meine Schwester so leidet, ich möchte sie glücklich sehen, lachend und voller Leben, wie vor ein paar Tagen noch. Dem ersten Liebeskummer hängt man lange nach.
»Ich hole dir was zu trinken«, sage ich. »Und dann erzählst du mir alles ganz genau. Ich sorge dafür, dass wir Ruhe haben.«
Unsere Eltern reden im Wohnzimmer miteinander, die Stimmen gedämpft, trotzdem dringt ihre Anspannung bis zu mir durch. Als ich vorbeigehe, straffen sie ihre Körper. Papas Stirn ist in Falten gelegt. Er und ich vermeiden es, uns anzusehen.
Du bist süchtig, Anna. Nicht mehr normal.
Ich weiß nicht, ob es Isa besser geht, als sie sich eine Dreiviertelstunde später leererzählt hat. An ihrem Orangensaft hat sie nur genippt. Bei der ersten Liebe glaubt man, sie hielte für immer. Die ganze Zeit schon liegt ihr Handy neben ihr, immer wieder schaut sie darauf, hofft insgeheim auf eine SMS von Pascal, einen einzigen Satz, der die Katastrophe wieder rückgängig macht, den Schmerz von ihr nimmt. Niemand könnte das schaffen, nur er,

indem er ihr sagt, es täte ihm leid und er würde sie vermissen. Einmal surrt das Handy, doch es ist nur Eleni, die sich erkundigt, wie es Isa geht. Isa sackt zusammen. Die beste Freundin ist keine *nur*, aber das sage ich nicht. Nicht jetzt. Die Wohnungstür klappt zu. Kurz danach schlüpft Mama lautlos zu uns herein. Fragt, ob wir was essen wollen. Ich nicke für uns beide und sage, wir kämen gleich. Mama wirft Isa einen besorgten Blick zu, natürlich sieht sie noch verweint aus, doch mit einer winzigen Handbewegung gebe ich ihr zu verstehen, alles sei soweit in Ordnung. Nach dem Abendbrot kann ich bestimmt noch mal an den PC.
»Vielleicht hat Pascal mir auch eine Mail geschrieben«, sagt Isa plötzlich. »Ich glaub einfach nicht, dass er mich so abgehakt hat.«
»Er wurde mit einem Mädchen gesehen, Isa«, erinnere ich sie. »Wirklich, es bringt nichts, sich jetzt gleich wieder Hoffnungen zu machen. Pascal gefällt sich offenbar als Frauenheld, du bist zu schade für so einen Typen.«
Beim Essen reden wir nicht viel. Mama blickt bemüht zwischen uns hin und her, ganz kurz habe ich ihr zugeflüstert, weshalb Isa so traurig ist. Im Radio läuft leise Musik, die es uns ein wenig leichter macht. Alle beeilen sich, schnell aufzuessen.
»Das ist unser Lied«, stößt Isa plötzlich hervor. »Genau bei dem Song sind wir zusammengekommen, Pascal und ich. Vielleicht hört er ihn auch gerade.«
»Vielleicht«, meint Mama etwas zu eifrig. »Solche Lieder rufen oft schöne Erinnerungen in einem wach. Bei mir war es damals, als ich meinen ersten Freund kennengelernt habe, *Careless Whisper* von George Michael.«
»So alt ist das Lied schon?«, frage ich und greife nach dem Teller mit den Radieschen. »Ich liebe es, das ist einer meiner Lieblingssongs!«
Endlich beginnen wir, uns ein wenig zu entspannen, drei Frauen, die miteinander essen und über die Liebe reden ... richtig glücklich ist gerade keine von uns, vielleicht schweißt das zusammen.

Ein paarmal öffnet meine Mutter ihre Lippen, als ob sie uns etwas Wichtiges sagen will, etwas anvertrauen, doch dann lässt sie es wieder. Wenn sie mit Papa Stress hat, bespricht sie das lieber mit ihren Freundinnen. Sehr viele hat sie nicht.

Nach dem Essen folge ich Isa wieder in unser Zimmer, Mama kommt auch mit, aber nur, um sich das Telefon zu holen. Sie setzt sich ins Wohnzimmer und schaltet den Fernseher ein, eine Quizsendung, die sie stumm laufen lässt.

»Können wir mal wieder was zusammen machen?«, fragt Isa, die sich auf den einzigen Schreibtischstuhl gesetzt hat. »Shoppen gehen? Oder zum Friseur? Vielleicht lasse ich mir die Haare kurz schneiden. Oder färben.«

»Nimm lieber eine Tönung«, wende ich ein. Die kannst du wieder rauswaschen, wenn sie dir nicht gefällt. Klar, machen wir. Von mir aus gleich diese Woche.«

»Super.« Isa lächelt mich an, sie sieht rührend aus. Das Gesicht hat sie inzwischen gewaschen, jetzt ist sie ungeschminkt, was ihr einen kindlichen Ausdruck zurückverleiht. Mit den Fingern nestelt sie am Verschluss ihres Tagebuches herum.

»Schreib dir ruhig alles von der Seele«, ermutige ich sie. »Das hilft dir vielleicht ein bisschen.«

Isa nickt und sagt, das habe sie vorhin schon gemacht.

»Ich schreib aber noch rein, wie sehr du mir geholfen hast«, sagt sie und streckt ihre Arme nach mir aus. Ich beuge mich zu ihr hinunter und wir umarmen uns. »Danke, Anna. Ein bisschen besser geht es mir schon.«

»Wir schaffen das«, verspreche ich ihr. Isa nickt. Dann beugt sie sich über ihr Tagebuch, ich horche nach draußen auf den Flur.

»Kannst du nicht hierbleiben, Anna?«, fragt Isa, noch immer kläglich.

»Bin gleich wieder da«, antworte ich. Lautlos ziehe ich die Tür auf.

Die Luft ist rein.

Lostandlonely8: Hallo, bin endlich auch mal wieder da
Sadmarco17: hab dich schon vermisst. was war los?
Lostandlonely8: Nichts als Stress zu Hause
Lostandlonely8: Mit meinem Vater – und dann musste ich bei meiner Schwester Erste Hilfe leisten
Staubfee: Ist sie verletzt? Was ist denn passiert? Hoffentlich nichts Schlimmes?
Lostandlonely8: Schlimmster Liebeskummer
Cybergiirl: dann kann sie ja hier mitmachen *lol*
Lostandlonely8: Ey, so lustig ist das nicht. Es geht ihr ziemlich dreckig
sadmarco17: trotzdem gut, dass du wieder hier bist
Lostandlonely8: Bin auch froh. Was geht bei euch so ab?
Dorina555: Hab ein neues Handy ... *schwärm*
Staubfee: Hab mich mit ner Freundin zum Teetrinken und Quatschen getroffen, nicht allzu lange. Und aufgeräumt
Jealuzzy: der Schnuckel von neulich hat angerufen ... und wisst ihr was, seitdem ist mein Freund viel aufmerksamer zu mir
Sadmarco17: dann merkt er irgendwas
Desireless: Und welchen nimmst du nun?
Staubfee: Wie sich das anhört ... so austauschbar
Jealuzzy: weiß noch nicht ... erst mal genieße ich beides
D@rkness: Solange du keinen betrügst oder Gefühle vorgaukelst, die du gar nicht hast ...
Sadmarco17: ich könnte das nicht
Airwooolf: Da verpasst du was
Lostandlonely8: Mist, irgendwie ist mein Computer heute extrem lahm
Sadmarco17: bleibt er dauernd hängen?
Lostandlonely8: Ein bisschen
Sadmarco17: pass lieber auf, das kann ein virus sein. achte mal drauf, ob manche programme ganz ausfallen oder sonst irgendwas komisch ist

Lostandlonely8: Nee, sonst eigentlich nicht
Sadmarco17: hallo? noch da?
Lostandlonely8: Kommt nix an?
Cybergirl: lostandlonely8? die hat sich wohl ausgeloggt
Lostandlonely8: Nein, hier bin ich doch! Kommt meine Message nicht bei euch an?
Sadmarco17: jetzt doch. aber da stimmt was nicht. ich geb dir mal meine handynummer, wenn's schlimmer wird, kann ich ja mal rumkommen
Lostandlonely8: Du kennst dich aus?
Sadmarco17: ein bisschen
Lostandlonely8: Ok, schreib mal
Staubfee: Mir auch bitte. So jemanden zu kennen ist cool
Airwooolf: Ich geb euch auch gerne meine Telefonnummer
Cybergiirl: die will aber keiner haben

Ich suche nach Zettel und Stift, finde nur einen Kuli mit eingetrockneter Mine. Die Schreibseite eines Tintenlöschers macht auch keinen besseren Eindruck, so ist es immer, wenn man mal dringend einen Stift braucht. Ich muss das hier schaffen, bevor mein Vater zurückkommt.
Isa steht neben mir. So lange bin ich noch gar nicht online, wollte sie nicht Tagebuch schreiben?
»Lass mich auch mal«, bittet sie mich. »Du weißt doch, die Mail von Pascal. Er wartet vielleicht auf eine Antwort von mir.«
»Du weißt gar nicht, ob er dir geschrieben hat«, widerspreche ich. »Ich kann jetzt nicht weg, am Computer ist irgendwas faul. Marco will versuchen, mir zu helfen.«
»Das kann er ja auch, aber lass mich doch bitte mal ganz kurz. Du kannst doch dein Chat-Fenster offen lassen!«
»Ich muss aber Marcos Telefonnummer aufschreiben«, beharre ich. »Geh lieber mal und hol mir einen vernünftigen Stift.«
»Dann lässt du mich ran?«

»Weiß ich noch nicht. Ich hab mich erst vor fünf Minuten angemeldet.«

»Du bist viel öfter am Computer als ich. Das ist mir jetzt aber mal wichtig.«

»Na und? Du musst doch nicht unbedingt ran, wenn ich mit meinen Freunden schreibe! Ich war zuerst dran!«

»Du bist immer dran!«

»Wenn es dich stört, geh woanders hin!«

Isa tritt noch dichter an mich heran, reißt an meinem Arm, der Stuhl schwankt und droht umzukippen. Aus dem Lautsprecher immer wieder die Audiosignale meiner Freunde. Marco, der mit seiner Telefonnummer wartet, für die ich weder einen Stift noch ein Stück Papier habe. *Jealuzzy*, die zwischen zwei Jungen steht. Die liebe, einfühlsame *Staubfee* und der witzige *Airwooolf*, mit dem ich so lange nicht mehr geschrieben habe, seit vorgestern schon nicht mehr. Vor allem aber Marco. Danach kann Isa ja ran, obwohl das sowieso nichts bringt, das weiß ich schon jetzt.

»Nur diese eine Mail«, bettelt sie erneut.

»Er hat bestimmt gar nicht geschrieben«, werfe ich ein. »Du verrennst dich da in was, Isa.«

»Woher willst du das wissen?«

Ich könnte ausrasten. Ich war jetzt wirklich für meine Schwester da, habe sie getröstet, bin bei ihr geblieben, habe dafür gesorgt, dass unsere Eltern sie nicht gleich mit Fragen bestürmen, weil ich genau weiß, dass man das in einer solchen Situation am allerwenigsten gebrauchen kann. Und jetzt meint sie, sie kann an mir herumzerren und mich vom PC vertreiben, wo ich endlich mal ein bisschen eigene Zeit verbringen will. Sie starrt mich an, nimmt die Maus auf, macht keine Anstalten, nach Schreibzeug zu suchen, damit ich Marcos Nummer aufschreiben kann. Im Chatroom loggt sich *D@rkness* ein. Und ich habe drei Freundschaftsanfragen, die unbeantwortet geblieben sind.

»In was verrenne ich mich?«, fragt sie, die Maus noch immer in der Hand.

»Du glaubst, Pascal hat dir eine sehnsuchtsvolle Mail geschickt«, erinnere ich sie und kann mir ein leicht spöttisches Grinsen nicht verkneifen. »Dabei scheinst du vergessen zu haben, dass er Schluss mit dir gemacht hat, Isa. Schluss! Bleib mal auf dem Teppich. Pascal will dich nicht mehr, und so wie du dich hier aufführst, wundert mich das auch nicht.«

Isa starrt mich an, mit weit aufgerissenen Augen und offen stehendem Mund.

Ich wollte das nicht sagen. Aber ich habe es gesagt. Ein unbewegter Sturm reißt mir den Boden unter den Füßen weg, ich schwebe, träume das alles doch nur, so gemein bin ich nicht, das habe ich nicht zu meiner Schwester gesagt, die gerade so am Boden zerstört ist, da schlage ich doch nicht noch zusätzlich rein, das bin ich nicht. Es ist wie mit einer E-Mail oder SMS, die man aus Versehen an den falschen Empfänger gesendet hat und es nicht mehr rückgängig machen kann. Eine Nachricht, in der etwas steht, das alles verändert, zerstört, wenn der Falsche sie zu lesen bekommt.

»Isa«, sage ich, »das hab ich nicht so gemeint, es tut mir leid. Scheiße, ich … wir haben uns vielleicht einen Virus eingefangen … bitte, Isa, entschuldige. Ich – das wollte ich nicht sagen.«

Jetzt bin ich es, die einen Schritt auf sie zugeht. Die Hände nach ihr ausstreckt. Sich versöhnen will, innerlich verzweifelt danach schreit, dass dieser Tag nie stattgefunden hat. Dass nichts passiert ist.

»Verzeih mir, Isa, bitte«, versuche ich es noch einmal, hilflos, vergebens. Ins Leere. Meine Schwester weicht einen Schritt zurück.

»Dass du so sein kannst«, zischt sie. »Wie kann man nur so sein.« Sie sieht mich an, als ob sie am liebsten vor mir ausspucken würde. Nebenan lacht meine Mutter leise am Telefon.

Isa dreht sich um und rennt zurück in unser Zimmer. Ich sinke auf den Stuhl vor dem Computer. Ich kann nicht hinter ihr her.

Mich nicht einmal später reinschleichen, wenn sie schon schläft.
Papa kommt und verschwindet gleich im Bad. Du bist ja süchtig, Anna, nicht mehr normal.
Ich weiß nicht, wo ich heute Nacht schlafen soll.

... zehn ...

Als ich aufwache, ist es draußen hell. Die ganze Familie scheint schon aus dem Haus zu sein, wobei meine Mutter bestimmt bald wieder hier ist. Ich habe noch meine Klamotten von gestern an, der Gürtel meiner Jeans drückt in der Taille, im Schlaf habe ich es nicht gemerkt. Die Wolldecke war warm genug, hier im Wohnzimmer wird es auch nachts nicht richtig kalt. Manchmal lüftet Papa nach dem Fernsehen noch. Gestern war ich die Letzte.
Ich schlage die Decke zurück, stehe auf und öffne die Balkontür weit. In der Nacht hat es geregnet, der Morgen sieht reingewaschen aus, umso mehr überwältigt mich der Morast, der in mir selber wütet. Isa. Vielleicht nimmt sie das, was ich ihr gestern Abend an den Kopf geworfen habe, nicht so tragisch wie ich. Wenn sie aus der Schule kommt, kann ich versuchen, mit ihr zu reden.
Wenn sie aus der Schule kommt. Dann bin ich gar nicht da, fällt mir ein. Habe ich Vivens SMS gestern nur geträumt? Ich lasse das Display meines Handys aufleuchten, rufe die letzte Kurznachricht auf. Doch, es stimmt. Kurz nach halb eins kam sie, da war ich noch online.
»Hi Anna, hast du morgen Zeit? Ein Freund von meinem Vater, der beim Fernsehen als Kameramann arbeitet, hat rumgefragt, ob ich noch ein paar Komparsen für eine Jugendserie wüsste. Wird ganz cool. Wir drehen in einem Club, sollen da nur am Tisch sitzen, was trinken und reden, vielleicht auch zu toller Musik tanzen. Um zehn vor dem Club L.A. Summer. Bist du dabei?«
Ich war froh in dem Moment und habe zugesagt. Nur raus hier, mal was anderes sehen, mich ablenken, vielleicht sieht danach die Welt schon wieder etwas besser aus. Was zwischen Isa und mir passiert ist, weiß Vivien noch nicht. Vielleicht kann sie mir helfen, wieder klarer zu sehen. Mein ganzes Leben scheint nur noch verworren zu sein. Erst mal muss ich duschen.

Hinterher setze ich mich mit meinem Frühstück vor den Fernseher, es kommt aber nichts, was mich interessiert. Ich schalte wieder aus. Vivien kommt erst in zwanzig Minuten. Solange kann ich noch probieren, ob ich den PC wieder richtig zum Laufen bekomme.
Mit klopfendem Herzen warte ich, bis er hochgefahren ist. Er läuft ganz problemlos.

»Anna«, sagt Vivien, mindestens zum vierten Mal. »Anna, wir müssen los. Das ist so ein toller Nebenjob, überleg doch mal. Beim Fernsehen! Wenn wir da positiv auffallen, bekommen wir vielleicht auch mal eine richtige kleine Rolle!«
»Willst du Schauspielerin werden?«, frage ich zurück, ohne meinen Blick vom Bildschirm zu nehmen. Ich habe ihr einen Cappuccino gemacht, jetzt sitzt sie im Wohnzimmer und wartet auf mich. »Wusste ich gar nicht.«
Marco schreibt, seine Freundin habe ihm eine Mail geschickt. Sie will ihre Zeit als Au-pair in den USA verlängern. Ich antworte. Heute geht es wieder wie geschmiert, weiß auch nicht, was das gestern Abend war. Vielleicht nur eine Störung beim Anbieter, die mit unserem Computer gar nichts zu tun hat.
»Anna, jetzt logg dich doch mal aus. Du willst doch nicht wieder dasselbe erleben wie neulich bei deiner Bewerbung.«
»Hast du denn schon ausgetrunken?«
»Fast.« Vivien schlürft den Rest Milchschaum von ihrem Löffel.
»Komm, mach. Freust du dich denn gar nicht darauf?«
Marco schreibt, er überlegt, ob er zu Peggy reisen soll. Über Silvester vielleicht. Sie überraschen, um zu sehen, ob sie sich nicht doch freut. *Jealuzzy* hängt immer noch an ihrem Freund. Sie weiß nicht, was sie machen soll. Ihr neuer Verehrer schickt ihr dauernd Liebes-SMS, sie hat schon Mühe, die vor ihrem Typen geheim zu halten.
»Anna!«

»Ja, gleich.« Seit vorgestern schreibe ich auch mit *feelings4u,* die Probleme mit ihrem Vater hat. Ein bisschen wie bei mir. Er meckert ständig an ihr herum, nichts kann sie ihm recht machen. Gerade eben hat sie sich eingeloggt und will wissen, wie ich geschlafen habe.

»Also ich gehe jetzt«, beschließt Vivi. »Mach was du willst. Ich lasse mir nicht von dir den Job versauen.«

»Warte!«, rufe ich. »Ich schreib' nur noch schnell diese Antwort zu Ende, dann komme ich ja. Geh doch noch schnell ins Bad oder so, ich bin gleich so weit.«

»Ich war schon im Bad. Zu Hause haben wir auch eins.« Sie geht zur Garderobe und nimmt ihre Jacke vom Haken.

»Warte!« Mit fliegenden Fingern tippe ich eine Entschuldigung an *feelings4u* in den Computer, erkläre, warum ich wegmuss. Marco ist nicht begeistert. Ich verspreche ihm, mich zu melden, sobald ich zurück bin. Dann will ich den PC herunterfahren, es klappt nicht gleich, ich habe den falschen Button angeklickt, jetzt startet er neu. Vivien tritt von einem Fuß auf den anderen. Ich haste zum Schuhregal und schlüpfe in meine Sneakers. Es scheint eine Ewigkeit zu dauern, bis der PC wieder hochgefahren ist, aber vielleicht kommt es mir auch nur so vor, weil Vivien die ganze Zeit wie auf glühenden Kohlen hinter mir wartet. So oder so hängt dieser Tag schief.

Nachdem wir aus der S-Bahn gestiegen sind, rennen wir die ganze Zeit. Trotzdem ist die Eingangstür des Clubs zu, als wir ankommen. Vivien rüttelt an der Klinke, doch nichts bewegt sich. Am Straßenrand parken drei LKWs mit dem Logo einer Filmfirma, sie stürzt hin, um zu sehen, ob dort jemand ist, der uns reinlassen kann. Aber alles ist zu.

»Nur wegen dir!«, brüllt sie mich an, die Hände in die Hüften gestemmt. »Alles nur wegen deiner verdammten Chatterei, immer ist dir das wichtiger als alle anderen! Verflixt!« Noch einmal geht sie an die Tür, hämmert dagegen.

»Das bringt doch nichts«, sage ich leise. »Aber die machen ja irgendwann Pause, vielleicht können wir dann noch rein.«
»Irgendwann«, wiederholt Vivien gereizt. Sollen wir so lange hier in der Kälte stehen? Was denkst du dir eigentlich dabei?«
»Ist ja gut. Jetzt kann ich es doch auch nicht mehr ändern. Es tut mir leid, Vivi. Wirklich.«
»Es tut dir leid, so.« Sie sieht aus, als ob sie gleich explodiert. »Du machst es dir verdammt einfach, Anna. Aber nicht mehr mit mir. Verschwinde.«
»Nein«, erwidere ich erstaunt, das kann sie nicht ernst meinen. »Das wird schon noch klappen mit dem Dreh, da kommt bestimmt gleich jemand raus. Manchmal brauchen die auch noch was von der Technik oder müssen telefonieren, das kennt man doch. Die erwarten uns schließlich, hast du selbst gesagt.«
»Welchen Teil von *verschwinde* hast du nicht verstanden? Ich will dich nicht mehr sehen, Anna, hau ab! Es reicht! Geh doch an deinen blöden PC und chatte, bis du umfällst!«
Ich starre sie an. Das kann nicht sein, so was sagt sie nicht zu mir. Ich wollte das doch alles nicht. Nicht so lange chatten, nicht zu spät kommen, sie nicht verärgern. Ich weiß nicht, was ich tun soll, damit sie mir nicht mehr böse ist. Damit alles zwischen uns wieder so ist, wie es vorher war.
»Vivien«, versuche ich es noch einmal. »Wirklich, ich … verzeih mir doch, bitte. Wir sind doch Freundinnen.«
»Freundinnen?« Sie tippt sich an die Stirn. »Das waren wir mal, Anna. Jetzt bist du nur noch mit deinem Computer befreundet. Mit wildfremden Menschen, die du noch nicht mal treffen willst. Mit Phantomen, Geistern. Die bedeuten dir mehr als die Menschen, denen du wichtig bist. Vergiss es, Anna. Unter einer Freundschaft verstehe ich etwas anderes. Und jetzt geh.«

Zu Hause ist immer noch niemand. So gern möchte ich jetzt mit meiner Mutter reden. Ich habe das Gefühl, als ob ich alles kaputt gemacht habe, ohne es zu wollen. Dass ich gerne chatte, ist doch kein Verbrechen. Trotzdem scheint alles um mich herum den Bach runterzugehen. Abzurutschen wie die Wände einer Sandburg am Strand, wenn man einmal zu viel Wasser darübergegossen hat. Man kann dann nicht mehr verhindern, dass sie in sich zusammenfallen, so sehr man auch versucht, alles abzustützen und schnell neuen Schlamm auf die Grundfesten zu träufeln und festzustreichen. Es nützt nichts mehr. Einmal begonnen, lässt sich die Zerstörung nicht aufhalten.

Meine Mutter würde mich bestimmt auch nicht verstehen – ich verstehe ja selber nicht mal, was los ist. Ich habe meine Schwester verletzt und meine beste Freundin vergrault, so sehr, dass sie mir die Freundschaft aufgekündigt hat. Aber Mama hat mich wenigstens lieb. Sie würde mich nicht ablehnen wie alle anderen. Wie sogar mein Vater, dem es wohl nur darum geht, dass ich möglichst schnell einen Job habe.

Aber meine Mutter ist nicht da. Ich weiß nicht, wo sie steckt. Irgendwas ist zwischen ihr und Papa, keiner von uns ist mehr gern zu Hause. Hoffentlich kommt sie bald. Mit ihr im Wohnzimmer sitzen, Tee trinken und über alles reden, was mich bedrückt, das täte mir jetzt gut. Weit kann sie nicht sein.

Eine Stunde später umgibt mich immer noch totale Stille in der Wohnung. *Du bist süchtig, Anna.* Jetzt bin ich mal hier und sitze nicht am PC, habe sogar Sehnsucht danach, zu reden, jemanden um mich zu haben, mich auszusprechen. Ich wünsche mir Nähe, wünsche mir, einen Menschen zu umarmen, egal wen. Mir fehlt Chris. Auf einmal vermisse ich ihn wieder so sehr, dass es wehtut, es zieht in meinem Magen und in der Brust. Er ahnt nicht, wie verzweifelt ich bin, wie schief alles läuft, seit er weg ist. Ich könnte ihm eine Mail schicken, vielleicht lässt er so wenig von sich hören, weil ich nicht mehr schreibe. Wenn hier niemand mit mir spricht, kann ich genauso gut den Computer einschalten. An Chris eine Mail zu schicken, ist nicht verboten.

Ich zittere leicht, und meine Fingerspitzen fühlen sich kalt und starr an, als ich meinen Mailaccount öffne.
»Sie haben keine neuen Nachrichten«, steht in fetten blauen Buchstaben in der Begrüßungszeile.
Ich logge mich im Chatroom ein. Mist, jetzt geht wieder alles so langsam. Der Ladebalken füllt sich im Schneckentempo. Es erscheint mir wie eine Ewigkeit, bis ich endlich online bin.

Lostandlonely8: Hallo, jemand da?
Sadmarco17: klar, für dich doch immer ;-)
Lostandlonely8: Du glaubst nicht, wie gut mir das jetzt tut <3
Sadmarco17: wieso, gabs probleme?
Lostandlonely8: NUR!
Sadmarco17: erzähl. gibt bestimmt ne lösung
Staubfee: Genau. Nur nicht unterkriegen lassen!
Lostandlonely8: Ihr seid so süß
...
Lostandlonely8: Mist, hier funktioniert wieder überhaupt nichts!
Sadmarco17: was ist los?
...
Lostandlonely8: Der hängt sich dauernd auf
Sadmarco17: ist sonst noch irgendwas auffällig?
Lostandlonely8: Komische Schriftzeichen, die ich nicht entziffern kann
Sadmarco17: ruf mich mal an, bevor das ding sich ganz verabschiedet

Am nächsten Tag steht Marco bei mir vor der Tür. Im ersten Moment erschrecke ich. Er ist viel größer, als ich ihn mir vorgestellt habe. Mit schweren, breitbeinigen Schritten schiebt er sich an mir vorbei und steuert direkt auf den Computer zu. Sofort hängt ein herber Duft nach Duschgel und After Shave in der ganzen Wohnung, aufdringlich. Der Geruch nach Kokoswachs, der seinen Haaren entströmt, passt nicht dazu. Marco redet kaum, fragt nichts, fährt den Computer hoch. Zieht den Tower aus seiner Halterung, schraubt ihn auf. Plötzlich steht das Gerät ohne Gehäuse da, überall Kabel, Mikrochips, Lötstellen. Hoffentlich macht er ihn nicht kaputter als er schon ist. Er betrachtet alles von allen Seiten, kommt ins Schwitzen, sein weißer Sweater ist am Halsausschnitt schon feucht. Er richtet sich wieder auf, gibt Befehle in die Tastatur, wartet. Eingeschüchtert biete ich ihm etwas zu trinken an, meine Mutter stellt eine Schale Kekse neben die Maus. Isa huscht in die Küche und wieder zurück in unser Zimmer. Mein Vater sitzt im Wohnzimmer am Esstisch über einem Aktenordner, die Tür hat er offen gelassen.

»Deine Schwester?«, fragt Marco und sieht hinter Isa her. Ich nicke. Er pfeift leise durch die Zähne. Dann widmet er sich wieder dem PC.

»Den muss ich mitnehmen«, verkündet er schließlich, geht in die Hocke, sein Pullover rutscht hoch und gibt den Rücken frei. Er schraubt die Kabel ab, wickelt sie um seine Hand, stopft sie in die Lederjacke, ebenso die Schrauben vom Gehäuse. »Drei Tage dauert das mindestens, vielleicht muss ich Teile besorgen. Ist das o. k.?«

»Jaja«, stoße ich mühsam hervor, »klar.« Ich habe mir Marco ganz anders vorgestellt, weicher, lieber. Wie einen Freund. Anders als Chris, aber nicht so. Er weiß, dass wir auf ihn angewiesen sind. Vor allem ich. Ich zwinge mich zu einem Lächeln. »Wir sind ja froh, dass wir überhaupt jemanden gefunden haben, der sich auskennt.«

»Kein Problem.« Marco klemmt sich den notdürftig wieder zusammengebauten Tower unter den Arm und wendet sich zur Tür. »Und? Machen wir noch was zusammen?«

»Jetzt?« Ich sehe ihn an, an ihm vorbei, fühle mich unbehaglich. Das ist gar nicht der Marco, mit dem ich gechattet habe, monatelang. Das hier ist ein Fremder, mit dem ich nichts anfangen kann,

nur das Gesicht sieht ihm ähnlich. »Wie soll das gehen, du mit dem Computer unterm Arm?«
Marco deutet mit einer Kopfbewegung in Richtung Straße, ist schon halb im Treppenhaus. »Draußen wartet ein Kumpel mit dem Auto. Da kommt der PC hinten rein«, erklärt er. »Also?«
Ich zögere. Marco hat schon die Hand auf der Klinke.
»Eigentlich ... dachte ich, wir reden alleine noch ein bisschen. So wie im Chat. Über dich und Peggy, Chris und mich und was sonst so los ist. Zu dritt ... ich weiß nicht.«
Marco zuckt die Schultern.
»Ich kann ihn schlecht wegschicken«, meint er. »Selber hab ich ja noch keinen Führerschein. Dann vielleicht ein anderes Mal.«
Jetzt ist er dem Marco, den ich kenne, ein bisschen näher. Ihn will ich festhalten, vielleicht gewöhne ich mich mit der Zeit daran, dass er anders wirkt, als ich dachte.
»Geht's dir denn einigermaßen?«, frage ich leise. »War ja bei dir auch alles nicht so einfach in letzter Zeit.«
Marco nickt. Blickt auf seine Schuhspitzen. Wer weiß, wie er mit seinem Kumpel im Auto über Mädchen redet.
»Willst du nicht doch mitkommen?«, fragt er noch einmal.
»Wohin wollt ihr denn?«
»Keine Ahnung. Wahrscheinlich bloß zum Elektroladen und zur Videothek. Paar Spiele ausleihen und so. Was man da eben macht.«
Ich schüttele den Kopf. Computerspiele. Durch die Fenster des verglasten Treppenhauses sehe ich die Herbstblätter langsam zu Boden fallen, rote und gelbe, manche sehen aus, als stünden sie in Flammen. Mit Chris hätte ich jetzt einen Waldspaziergang gemacht oder wäre durch den Stadtpark gegangen. Wir hätten uns in einen riesigen Laubhaufen geschmissen, einander mit Blättern beworfen und viel gelacht. Dann hätten wir uns geküsst, zuerst zaghaft, dann immer leidenschaftlicher. Trotz des kalten, feuchten Herbsttages wäre mir warm gewesen.

»Nee, lass mal«, sage ich. »Muss noch eine Bewerbung fertig machen. Wir schreiben uns, okay?«
»Alles klar«, antwortet er. »Sobald ich den Fehler hier gefunden habe, geb ich Bescheid. Bis dann.«

... elf ...

Auf dem Tisch, wo der Computer stand, klafft jetzt eine gähnende Lücke. Mein Vater kommt und sieht, wie ich unschlüssig im Flur herumstehe, unfähig, etwas zu tun. Ich kann nicht zu ihm und nicht zu Isa. Mama telefoniert hinter der geschlossenen Küchentür.
»Na komm«, sagt mein Vater und legt mir den Arm um die Schultern. »Wenn kein Computer da ist, muss es eben mal ohne gehen. Im Ersten kommt gleich *Bodyguard* mit Whitney Houston, den Film mögen doch alle jungen Mädchen. Kommst du rüber?«
Kurz darauf sitzen wir alle im Wohnzimmer, auch Mama. Der Film verbindet uns, ein Kompromiss, irgendetwas ist für jeden dabei, Liebe, Spannung, Musik, Niveau. Hinterher gehe ich mit Isa in unser Zimmer.
»Du hast Marco gefallen«, erzähle ich ihr, als das Licht aus ist und wir jede in unserem Bett liegen.
»Und er dir?«, will sie wissen.
»Pffffftt«, antworte ich, und wir lachen beide. Ich spüre, wie meine Wangen dabei erstarren, ihr geht es sicher nicht anders.
»Gehst du morgen mit mir Shoppen?«, fragt Isa. »Ich brauche eine neue Winterjacke und ein bisschen Schreibkram für die Schule.«
»Gerne.« Ich rolle mich eng in meine Daunendecke ein. Sie ist so gemütlich. »Gute Nacht.«
Trotzdem wirkt Isa noch still und in sich gekehrt, als wir am folgenden Nachmittag durch die Stadt schlendern. Die Zurückweisung von Pascal nagt an ihr, er reagiert weder auf Anrufe noch auf SMS. Ich habe ihr gesagt, wie kindisch ich das finde.
»Stimmt«, sagt sie mit gequältem Gesichtsausdruck, und ich weiß genau, Pascal müsste nur eine winzige SMS schreiben, und sie wäre wieder weich.

Manchmal albern wir herum, dann wieder verstummt Isa, und ihr Gesicht wird ernst und ausdruckslos, weil irgendein Lied, das in einem Geschäft aus dem Radio dudelt, ein Geruch oder ein Werbeplakat sie an ihn erinnert. Ich kann sie so gut verstehen.
Wenigstens das konnte ich ihr sagen. Auch entschuldigt habe ich mich noch einmal bei ihr. Versucht, ihr zu erklären, was es zu erklären gab. Manchmal bleibt ein Knacks zurück. Ich hoffe nicht.
Die Jacke für Isa haben wir schnell gefunden, mit ihrer zierlichen Figur steht ihr einfach alles. Das gute Stück ist aus festem, dunkelgrauem Baumwollstoff, innen mit Teddyfell warm gefüttert, tailliert geschnitten. Meine Schwester sieht richtig erwachsen darin aus. Wieder sage ich ihr, was für ein Idiot Pascal ist, so ein Mädchen freiwillig aufzugeben. Isas Miene bleibt unbewegt.
»Ich hole noch ein paar bunte Schals dazu«, sagt sie schließlich, hakt sich bei mir unter und lotst mich weiter. »Das sieht bestimmt toll aus. Danach muss ich in den Schreibwarenladen. Willst du auch noch was kaufen?«
Ich überlege. Neue Stiefel vielleicht, aber seit ich aus der Schule raus bin und keine Lehrstelle habe, hat mein Vater mir nicht mehr regelmäßig mein Taschengeld gegeben. Vielleicht hat er es vergessen. Vielleicht war es Absicht, damit ich selber auf die Füße komme. Ich weiß nicht, ob ich Marco was für die Reparatur geben muss oder ob Papa das macht. Vermutlich nicht, weil er der Meinung ist, ich hätte den PC kaputt gemacht, beim Chatten einen Virus eingefangen. Trotzdem ist es auch sein PC. Aber ein Halstuch ist auf jeden Fall drin, ein paar Ohrringe oder ein gutes Buch für die Zeit ohne Computer. Irgendetwas, das meine Laune ein bisschen hebt.
In den Läden ist es stickig; nachdem vor wenigen Wochen die Klimaanlage für Kühlung gesorgt hatte, wird nun geheizt, als hätten wir draußen bereits Minusgrade. Ganz vereinzelt sind sogar schon Weihnachtsdekorationsartikel verteilt, und tatsächlich ist es überall so voll, als hätten wir bereits einen der Samstage im Advent.

Überall drängen sich die Menschen vor den Wühltischen, auch Isa hat sich in einen Korb mit preiswerten Baumwollschals vertieft. Ich warte, bis sie etwas gefunden hat, das ihr gefällt, und blicke mich um.
Es ist seltsam, wieder in der Stadt unterwegs zu sein. Mich treiben zu lassen, einfach so. Seit Wochen habe ich entweder am Computer gesessen oder bin irgendwohin gehetzt, ohne die Welt um mich herum wirklich wahrzunehmen. Fast fühle ich mich, als wäre ich lange eingesperrt gewesen, oder krank. Isa hat ihr Halstuch gefunden, blau mit eingewebten Silberfäden, es passt gut zu ihrer Augenfarbe.
Als wir nach draußen treten, schiebt sich die Sonne hinter einem Baum hervor und blendet mich. Beinahe stolpere ich über einen kleinen Hund, bücke mich, um zu sehen, ob ich ihn nicht aus Versehen getreten habe, doch sein Frauchen zieht ihn schon an der Leine weiter. Auch wir setzen unseren Weg fort, Isa hat Durst und will sich in einem Schnellrestaurant eine Cola holen. Dort ist die Schlange an der Kasse jedoch so lang, dass wir gleich wieder kehrtmachen.
»Wir können doch auch in ein richtiges Café gehen, das nicht so überlaufen ist«, schlage ich vor. »Da bekommst du deine Cola in einem Glas serviert, ich bestelle mir einen Cappuccino und wir können mal sitzen und etwas verschnaufen.«
Wir entdecken sogar einen kleinen freien Tisch in der Mitte des Raumes. Eilig streben wir darauf zu, doch mitten im Gehen hält mich Isa plötzlich am Arm fest und stoppt.
»Guck mal, Anna«, sagt sie und deutet auf einen weiteren Tisch, ganz hinten, halb verdeckt von einer hohen Zimmerpflanze. »Guck mal, das ist doch Mama. Mit einem Mann.«
Es stimmt. Ein riesiger Schrecken durchfährt mich vom Kopf bis in die Fußsohlen, und Isa geht es sicher ebenso. Dort hinten sitzt unsere Mutter, leicht vorgebeugt, ihr gegenüber ein Mann, mit dem sie sich angeregt unterhält, lächelnd, sie sieht hübsch aus,

anders als sonst, dabei hat sie nichts Außergewöhnliches an. Hosen und Pulli, Schuhe mit halbhohen Absätzen. Über ihrem Stuhl hängt etwas schief ihr heller Mantel. Der Mann greift vorsichtig nach ihrer Hand und streicht über ihre Finger. Er ist gar nicht besonders attraktiv, aber auch kein Ekeltyp. Besser als Papa sieht er nicht aus.

»Deswegen also«, stößt Isa hervor. »Komm, nichts wie weg hier.«

Zurück auf der Straße jagen tausend Gedanken durch meinen Kopf. Auf einmal ist alles klar. Papas ewige Anspannung, seine ständige Telefoniererei, seine Nervosität, wenn Mama nicht zu Hause ist. Sein Sportfimmel, der manchmal wie eine Flucht gewirkt hat, oder so, als müsse er sich abreagieren, sein Misstrauen, seine Wut. Vielleicht hat er schon lange etwas geahnt. Hat herumtelefoniert, seine Kumpels gefragt, ob ihnen etwas an ihr aufgefallen sei. Ich weiß auch nicht, wie Mama das geschafft hat, eigentlich ist sie fast immer zu Hause. Manchmal reicht eine kurze Begegnung, um sich zu verlieben.

»Das muss gar nichts heißen«, sagt Isa, nachdem wir uns einige hundert Meter von dem Café entfernt haben. Ihre Augen flackern unruhig, ein starres Grinsen zementiert ihr Gesicht. »Vielleicht hat sie gar nichts mit dem, sondern kennt ihn nur so. Ein alter Klassenkamerad, den sie seit zwanzig Jahren nicht gesehen hat. Oder einer, den auch Papa kennt, von früher oder so. Geküsst haben sie sich nicht.«

»Ja«, sage ich. »Vielleicht.«

Ich habe immer noch Durst, Isa auch, außerdem muss ich aufs Klo. Beide noch verwirrt und abwesend, beschließen wir, dass Isa sich jetzt ihre Cola beim Bäcker holt, da gibt es immer einen Kühlschrank mit Getränken. Ich suche mir ein anderes Café, mit Toilette, und wenn Isa ihre Schreibwaren gekauft hat, treffen wir uns am Springbrunnen wieder und gehen nach Hause.

Ich bin froh, als ich wieder allein bin. Mama und ein anderer

Mann, das muss erst mal verdaut werden. Normalerweise würde ich jetzt Vivien anrufen und ihr alles erzählen. Oft sieht sie bestimmte Dinge in einem anderen Licht, nimmt vieles nicht so schwer. Aber ich kann ihr nichts erzählen. Die Freundschaft mit Vivien ist vorbei.
Chatten könnte ich. Nicht mehr unbedingt mit Marco, aber mit *Staubfee* oder *D@rkness*, die verstehen mich bestimmt. Ich könnte mich auch in einem anderen Forum anmelden, zum Thema »Trennung der Eltern« oder »Mutter/Vater geht fremd«. Da finde ich bestimmt Leute mit ähnlichen Problemen. *Jealuzzy* fällt dazu bestimmt auch was ein. Oder sogar *Airwooolf*, der könnte mich aufheitern.
An der Ecke, wo die Fußgängerzone in eine hässliche, befahrene Wohnstraße übergeht, stoße ich auf ein Internetcafé. Das ist es. Hier drin ist nicht mal besonders viel los, in der Ecke telefoniert ein dunkelhaariger Mann in einer fremden Sprache, ein Junge surft auf einer Website, auf der Luftgewehre angeboten werden. Ich lege fünf Euro für eine Stunde auf den Tresen, kaufe mir einen großen Becher Kaffee und logge mich ein.
Sie sind alle da. Ich bin wieder zu Hause.

»Noch fünf Minuten«, sagt der Mann, bei dem ich bezahlt habe. Dabei sind immer noch nicht alle Computer belegt.
»Kann man auch verlängern?«, frage ich ihn.
»Kann man. Halbe oder ganze Stunde. Wie du willst.«
»Eine ganze, bitte. Und noch einen Kaffee.«
Zehn Minuten vor dem Ende der Verlängerung fällt mir Isa ein. Sicher wartet sie längst auf mich. Ich stottere eine Entschuldigung und stürze nach draußen.
Am Springbrunnen ist Isa nicht mehr. Ich blicke mich um, entdecke sie jedoch nirgends, natürlich wird sie nicht länger als eine Viertelstunde gewartet haben. Ein paar Meter laufe ich auf und ab, in alle Richtungen, vielleicht sieht sie sich Schaufenster an

oder hat jemanden getroffen. Auch in den Schreibwarenladen gehe ich – vergebens.

Hoffentlich ist sie nicht ins Café zurückgegangen, um irgendetwas Dummes zu Mama zu sagen, denke ich und nehme mein Handy aus der Tasche. Doch als ich Isas Nummer wählen will, bleibt das Display schwarz. Mein Akku ist leer.

Ein paar Augenblicke lang weiß ich nicht, was ich tun soll. Vielleicht ist Isa irgendwo hier unterwegs und sucht mich, schließlich kann sie mich ja auf dem Handy nicht erreichen. Vielleicht ist sie auch nach Hause gefahren. Ich merke, wie mir das Blut in den Kopf steigt, eile von einem Geschäft zum nächsten. Nirgendwo ist sie zu finden. Ohne Handyverbindung hat es keinen Zweck, Isa kann immer genau da sein, wo ich gerade vorher war und umgekehrt. Unsere Fußgängerzone ist nicht riesig, aber auch nicht klein genug, um sich nach wenigen Minuten wiederzufinden, wenn man sich verloren hat. Ich steige in den Bus und fahre nach Hause.

Als ich in unsere Straße einbiege, stutze ich. Vor der Haustür steht ein Streifenwagen. Fieberhaft überlege ich, zu wem im Mietshaus wohl die Polizei gekommen sein mag – im letzten Jahr war sie nur einmal spät abends da, weil irgendjemand zu laut gefeiert hatte. Jetzt ist nicht spätabends. Eine kleine, harte Murmel setzt sich in meinem Magen fest. Beim Aufschließen der Wohnungstür versuche ich unwillkürlich, kein Geräusch zu machen.

Aus dem Wohnzimmer dringen gedämpfte, aufgeregte Stimmen zu mir in den Flur. Sehr langsam hänge ich meine Jacke auf, gehe ins Bad, wasche mir ausgiebig die Hände, betrachte mein ernstes, blasses Gesicht im Spiegel. Mein Herz hämmert bis in die Halsschlagader. Ich kann mir keinen Reim darauf machen, was hier los ist. Es ist, als stünde ich vor der Schwelle zu einem Ereignis, das mein ganzes Leben verändern kann. Ich flehe, es möge nichts Schlimmes sein. Meine Mutter und dieser andere Mann. Ihre Stimme habe ich eben auch gehört, also ist sie zu Hause. Ich muss jetzt hinein. Erfahren, was los ist.

Lautlos betrete ich unser Wohnzimmer. Es ist hell erleuchtet, die Deckenlampe lässt mich die Augen zusammenkneifen, sonst schalten wir sie nur ein, wenn einer von uns etwas im Schrank sucht. Wenn wir zusammensitzen, haben wir immer gedämpftes Licht von unserem Deckenfluter und der kleinen Leuchte neben dem Fernseher. Manchmal zünden wir Kerzen an.
Die Polizei ist bei uns. Isa kauert auf der äußersten Kante der Couch, in der Hand hält sie ein zerknülltes Papiertaschentuch, ihre Nase glänzt rot. Papa sitzt mit einem Polizisten in Uniform an unserem Esstisch und füllt ein Formular aus. Als ich mit belegter Stimme einen Gruß murmele, blicken sie auf. *Du bist süchtig, Anna, nicht mehr normal.* Eine Polizistin redet leise mit Mama.
»Isa!« Mit zwei langen Schritten bin ich neben meiner Schwester, knie mich neben die Couch und lege den Arm um sie. In meinen Schläfen beginnt es zu stechen, ich habe nicht auf sie aufgepasst, hätte verhindern können, dass sie jetzt weinend hier sitzt und die Polizei im Haus ist. Weshalb auch immer das passiert sein mag. Ich hätte es verhindern können, aber ich habe wieder nur gechattet, alles andere darüber vergessen. Habe durch mein virtuelles Leben den Blick auf meine reale Welt verloren. Mich völlig aus der Wirklichkeit ausgeloggt. Ich muss damit aufhören. So kann es nicht weitergehen, das bin nicht mehr ich. Das alles hier sind nicht mehr wir. Wir hocken hier in unserem Wohnzimmer wie gestrandete Wale, die weder sich selbst noch einander helfen können, den Weg zurück ins lebensrettende Meer zu finden. Mein Vater und ich mit dieser Mauer zwischen uns, die immer höher wird, je länger wir nicht miteinander reden. Meine Mutter, die vielleicht woanders findet, was sie zu Hause vergeblich sucht und nicht bekommt, so sehr sie sich auch bemüht, uns alle zu umsorgen und zusammenzuhalten. Meine Schwester, die gerade von einer Verzweiflung in die nächste stürzt. Und mittendrin zur Krönung die Polizei.
Als ich eben durch den Flur gegangen bin, habe ich wieder den

leeren Computertisch gestreift, der ovale Fuß des Bildschirms hat einen Rahmen aus Staub hinterlassen, als Marco ihn abgebaut hat. Gleich nachher werde ich ihn wegwischen. Es ist noch nicht zu spät, wir können den Kurs noch ändern. Was meine Eltern angeht, weiß ich nicht, wie es weitergehen soll. Aber Isa und ich sind keine Kinder mehr. Wir können bei uns selber anfangen, in ganz kleinen Schritten. Heute noch. Egal, was passiert ist und noch passieren wird.
Isa schluchzt auf. Ich halte sie fest und wiege sie hin und her. *Jetzt bin ich da,* beschwöre ich sie stumm. *Und ich bleibe auch. Noch einmal lasse ich dich nicht allein, wenn du mich brauchst.*
»Isa, was ist passiert?«, frage ich leise. »Warum bist du schon hier, was ist los, weshalb hast du nicht in der Stadt auf mich gewartet? Wer hat dir etwas angetan?«
Die Polizistin neben Mama räuspert sich.
»Niemand«, erklärt sie. »Ihre Schwester hat Ladendiebstahl begangen.«
Ich richte mich auf. Sehe Isa ins Gesicht, sie nickt.
»Nur einen Füller für sieben Euro, Anna. So einen Schönschreiber, mit dem die Handschrift ganz toll aussieht. Für mein Tagebuch ...« Sie weint wieder. Mein Vater setzt sich ganz gerade hin und will etwas sagen, fängt jedoch Mamas Blick auf.
»Isa macht so was nicht«, bestimmt sie. »Sieben Euro, das hat sie gar nicht nötig. Und wenn doch, ist das ja wohl ein mehr als deutliches Zeichen, dass ihr etwas ganz anderes fehlt.«
»So verhält es sich in der Regel bei straffällig gewordenen Jugendlichen, die eigentlich aus intakten Elternhäusern kommen.« Der Polizist steht vom Tisch auf und reicht Mama ein paar Broschüren.
»Lesen Sie die gemeinsam«, rät er ihr und nickt auch Papa zu. »Das ist jetzt alles kein Weltuntergang, wissen Sie. Ihre Tochter ist erst vierzehn.«
Bei geringwertigen Artikeln und wenn der Ladendieb noch nie

mit dem Gesetz in Konflikt geraten sei, passiere nicht allzu viel, fügt die Polizistin hinzu. Natürlich müsse die Sache vor den Jugendrichter, aber wir könnten damit rechnen, dass mit sechs oder acht Sozialstunden die Sache abgehakt sei.
»Bei Folgetaten sieht es dann natürlich schon anders aus«, mahnt ihr Kollege.
»Natürlich«, antwortet mein Vater mir rauer Stimme. »Das wissen wir, klar.«
Nachdem sich die Polizisten verabschiedet haben, zieht Papa seine Sportschuhe an.
»Nur eine halbe Stunde joggen«, sagt er. Seine Augen sehen müde aus, und ich glaube, neue Fältchen in seinem Gesicht zu entdecken. Aber auch ein ganz kleines Lächeln um seine Mundwinkel.
Meine Mutter setzt Teewasser auf. Ich blicke aus dem Küchenfenster und sehe Papa um die Ecke biegen. Isa ist ins Bad gegangen, um ihr Gesicht zu waschen.
»Wir haben dich gesehen«, sage ich leise. »Weiß Papa davon?«
Mama atmet hörbar aus.
»Viel mehr war da gar nicht«, beteuert sie. »Aber ich beende das, ganz schnell. Man kann nicht alles haben, das ist mir klar.«
»Vielleicht wird es wieder, mit Papa und dir«, sage ich. »Wenn ihr euch beide bemüht.«
Auch sie blickt jetzt aus dem Fenster, und ihre Augen verraten mir, dass sie dabei nicht an Papa denkt. Sie schluckt. Dann dreht sie sich um und sieht mich an. Jetzt ist sie wieder bei mir, bei uns.
»Natürlich, Anna«, sagt sie und lächelt. »Natürlich werden wir das tun.«

Eine Woche später bringt Marco den Computer zurück.
»Alles wieder okay«, sagt er und schließt ihn mit geübten Griffen an, kennt jeden Stecker, jedes Kabel im Schlaf, fährt ihn hoch, gibt ein paar Befehle ein, nickt zufrieden. »Bitte sehr. Ich muss auch

gleich wieder los, aber in einer guten Stunde bin ich online. Du doch auch?«

Ein paar Sekunden lang schweige ich. Klar wäre das jetzt toll, wieder abtauchen zu können. Über nichts nachdenken, einfach nur Blödsinn schreiben mit *Sadmarco17*, der mit dem Marco, der jetzt ungeduldig abwartend vor mir steht, so wenig gemeinsam hat. *Sadmarco17* war eine Phantasiefigur, die es im echten Leben gar nicht gibt. Vielleicht gilt das für *Jealuzzy*, *D@rkness*, *Staubfee*, *Cybergiirl*, *feelings4u*, *Desireless* und alle anderen auch. Von ihren Profilbildern weiß ich ungefähr, wie sie aussehen. Doch im Grunde sind sie mir fremd.

Isa kommt aus unserem Zimmer in den Flur. Als sie Marco sieht, zuckt sie ganz leicht zusammen.

»Wir wollten doch gleich los«, sagt sie. »Hast du jetzt doch keine Zeit, mitzukommen?«

»Doch, klar«, antworte ich. »Marco bekommt bloß noch was für die Reparatur, dann können wir starten.«

*

21.01.
Neue E-Mail von:
anna.laubach@internetdienstanbieter.de
An: chrislehmann@internetprovider.nz

Lieber Chris,
vielen Dank für deine Mail. Ich freue mich, dass es dir gut geht und du dich sogar neu verliebt hast. Ich hatte mir so was schon gedacht, nachdem du dich so lange nicht gemeldet hast. Mach dir keine Sorgen um mich, ich bin nicht traurig. Ich habe bloß nicht gleich geantwortet, weil ich in letzter Zeit selber so viel um die Ohren hatte und oft unterwegs war. Sorry.
Nach deiner Abreise habe ich eine ganze Weile ziemlich durchgehan-

gen, aber das ist vorbei. Ich glaube, ich habe jetzt meinen eigenen Weg gefunden.

Vor ein paar Wochen habe ich nach einem Vorstellungsgespräch in einem Reisebüro, das ziemlich gut gelaufen ist, einen Ausbildungsplatz angeboten bekommen. Und ob du es glaubst oder nicht – ich habe ihn abgelehnt! Sicher kannst du dir vorstellen, dass meine Eltern nicht gerade begeistert waren. Aber ich habe, noch während ich mit den Leuten dort redete, gemerkt, dass das gar nicht mehr das ist, was ich wirklich will – irgendwelchen Kunden, die ich danach vielleicht nie wiedersehe, Urlaubsreisen zu verkaufen. Bestimmt ist das ein toller Beruf. Aber eben nicht mehr für mich. Inzwischen habe ich gemerkt, dass ich in eine ganz andere Richtung gehen will. Mehr in den sozialen Bereich, anderen Menschen helfen. Ich glaube, das hängt irgendwie mit allem zusammen, was in letzter Zeit so los war. Bei uns in der Familie ging es eine Zeitlang ziemlich drunter und drüber. Es lohnt sich nicht, das jetzt ausführlich vor dir auszubreiten, schließlich sind wir nicht mehr zusammen. Nur so viel: Es war heftig, wir hatten gefühlte vier verschiedene Krisen auf einmal. Und noch lange ist nicht alles wieder gut.

In dieser Zeit habe ich mich auch Vivien gegenüber ziemlich unmöglich verhalten, und wir haben vorgestern zum ersten Mal wieder telefoniert. Es war noch ganz merkwürdig, wie zwei Fremde. Aber vielleicht kriegen wir es wieder hin.

Der ganze Schlamassel hat mich schließlich dazu gebracht, erst mal ein Praktikum in einem Kinderheim zu machen (bin durch meine Schwester da rangekommen). Dort hat es mir von Anfang an super gut gefallen. Es ist unheimlich anstrengend, aber wenn ich merke, dass ich dazu beigetragen habe, dass es den Kleinen ein bisschen besser geht, bringt mir das echt viel. Hätte ich nicht gedacht. Ist aber wirklich so. Wenn ich abends nach Hause gekommen bin, war ich zwar jedes Mal ausgepowert, aber trotzdem innerlich noch voller Schwung und kann seitdem die Wochenenden viel intensiver genießen. Mit einer anderen Praktikantin von dort war ich gestern zum

Schlittschuhlaufen; seit ein paar Wochen hat die Eissporthalle wieder geöffnet.
Jetzt kann ich im Heim ab und zu aushelfen und verdiene auch ein paar Euro dabei, und im neuen Schuljahr steige ich wieder ins Lernen ein, will mein Fachabi auf einer Fachoberschule für Sozialwesen machen und dann irgendwas in dem Bereich studieren. So gewinne ich noch etwas Zeit, um mich endgültig zu entscheiden.
Ein paar winzige Schmetterlinge im Bauch spüre ich auch wieder. Ich sag dir das jetzt einfach mal. Im Heim arbeitet ein ganz süßer Zivi, er ist neunzehn Jahre alt und heißt Nils. Ich glaube, er mag mich auch. Am Wochenende wollen wir vielleicht ins Kino und danach noch Pizza essen gehen. Und ich kann unheimlich toll über alles mit ihm reden.
Die Hälfte deiner Zeit in Neuseeland ist ja schon um; ich wünsche dir, dass die zweite Hälfte genauso toll wird und du schöne Erlebnisse hast. Das Foto von dem Fjord, das du mitgeschickt hast, ist wirklich atemberaubend.
So, jetzt muss ich langsam schließen, denn in einer Stunde kommt Vivien. Ich habe sie zu einem »Versöhnungsessen« eingeladen und will Lasagne und gemischten Salat machen, danach wollen wir noch für den Chor üben. Ich kann die zweite Stimme von »This ist the Life« (Amy McDonald) noch nicht richtig. Dabei habe ich den Song selber vorgeschlagen, peinlich!!
Zum Glück haben Vivi und ich sturmfreie Bude und können uns in Ruhe aussprechen. Das wird auch Zeit. Meine Eltern und Isa sind zum Laufbahngespräch in ihrer Schule.
Also, ich logg mich jetzt aus. Mach's gut, Chris.

Viele Grüße, Anna

Traum-Yoga – Erleuchtung im Schlaf

349 Seiten. ISBN 978-3-442-21806-6

Traum-Yoga führt zu hoher Bewusstheit und Gelassenheit und unterstützt die spirituelle Entwicklung. Der Praktizierende versucht dabei, auch während der Nacht bewusst zu bleiben, um auf die eigenen Träume Einfluss zu nehmen.

Überall, wo es Bücher gibt und unter www.arkana-verlag.de

Christine Fehér
Jeder Schritt von dir

192 Seiten   ISBN 978-3-570-30416-7

Als Alexandra Arved kennenlernt, ist mit einem Schlag alles anders: Ein kurzer Blick, eine flüchtige Berührung und Alexandra weiß – sie sind füreinander bestimmt! Dass ihr Traummann bereits eine Freundin hat und ihre Gefühle keineswegs erwidert, stört sie dabei wenig. Sie bombardiert ihn mit SMS, Anrufen und verfolgt jeden seiner Schritte. Als sie auch noch behauptet von Arved schwanger zu sein, nimmt die Katastrophe ihren Lauf ...

www.cbt-jugendbuch.de

Christine Fehér
Elfte Woche

208 Seiten   ISBN 978-3-570-30390-0

Partys, Jungs und Sex – das interessiert die sportbegeisterte Carolin wenig. Aber dann verliebt sie sich in Vincent und es passiert: Sie wird schwanger. Carolin ist fassungslos. Sie taumelt zwischen Abwehr, Angst und zärtlichen Gefühlen für das Baby und bekommt den Widerstand ihrer Umgebung zu spüren. Doch letztlich muss Carolin die Entscheidung treffen:
Ist sie mit fünfzehn bereit, Mutter zu werden?

www.cbt-jugendbuch.de

Christine Fehér
Vincent, 17, Vater

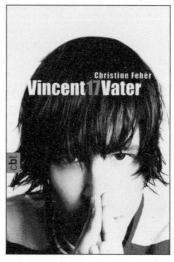

200 Seiten, ISBN 978-3-570-30658-1

Vincent ist wie vor den Kopf geschlagen: Nina ist schwanger von ihm.
Und sie weiß, dass sie das Kind auf jeden Fall bekommen will.
Er dagegen weiß nicht einmal, ob sie seine Freundin ist oder
doch nur die Ex-Freundin ...
Alle denkbaren Gefühle wirbeln im Schleudergang durcheinander.
Mitentscheiden darf er nicht. Also muss Vincent sich darauf
vorbereiten, Vater zu werden – ob er will oder nicht.

www.cbt-jugendbuch.de